Mord in
Sankt Augustin

Fehlerhafte Liebe

© Kersten Wächtler

Rhein-Sieg-Kreis Krimi

Mord in

Sankt Augustin

Fehlerhafte Liebe

Der vierte Fall von Kommissarin Thekla Sommer

© **Kersten Wächtler**

Bibliografische Information der Deutschen Nationalbibliothek:
Die Deutsche Nationalbibliothek verzeichnet diese Publikation in der
Deutschen Nationalbibliografie;
detaillierte Daten sind im Internet über
http://dnb.dnb.de
abrufbar

1. Auflage

Erschienen: Oktober 2019

Herstellung und Verlag: BoD – Books on Demand, Norderstedt
ISBN: 9783750402706

Alle Personen und Tathergänge sind frei erfunden.

Ähnlichkeiten mit lebenden oder toten Personen sind rein zufällig.

Erstes Kapitel

Die fünfköpfige Siegburger Band, unterstützt von der Sängerin und Songwriterin Carolin Karnath, die heute als Frontfrau von der Band engagiert worden war, spielte bereits seit drei Stunden Lieder aus den achtziger und neunziger Jahren.

Insgesamt vierzehn Monate war dieses Fest bis ins Kleinste geplant worden. Ganz genaue Vorstellungen hatte die fünfunddreißigjährige Monika Jungbluth von diesem Tag, bereits seit ihrer Pubertät. Es sollte der, wie es wohl der Wunsch eines jeden Mädchens ist, schönste Tag in ihrem Leben werden. Obwohl sie die eigentliche Hochzeitsplanung einem professionellen Wedding Planer überlassen hatte, waren doch sehr viele Kleinigkeiten im Umfeld, abzuklären.

Die einhundertzwanzig Gäste waren alle mit dem Essen fertig und der feierliche Teil war vor fast einer Stunde durch den Hochzeitstanz eröffnet worden. Monika Jungbluth, die jetzt Monika Kaarst hieß, konnte vom ausgelassenen Tanzen nicht genug bekommen. Ihr Mann allerdings, der vierundvierzigjährige Oliver Kaarst, der vor zwei Jahren unerwartet zwölf Millionen Euro im Lottojackpot gewonnen hatte, konnte und wollte nicht mehr auf der Tanzfläche rumhüpfen. Ihm war irgendwie schlecht geworden und er schwitzte auch in dem, durch die vielen Menschen aufgeheizten Saal des Schlosses Langenbach, was zu diesem Anlass, am Rande von Sankt Augustin, angemietet wurde. Die Küche hier war weit über die Grenzen von Nordrhein-Westfalen bekannt und so wurde hier manches berauschende Event gegeben.

Oliver Kaarst saß an der Tafel alleine an seinem, für den Bräutigam, reservierten Platz und schien belustigt den tanzenden Gästen zuzusehen. Seiner Frau Monika tat es allerdings leid, dass ihr frisch Angetrauter diesen wundervollen Tag nicht genau wie sie, feiern und genießen konnte. Hatte er sich doch genauso aufgeregt wie sie und den ganzen Vortag auf die Trauung und die hoffentlich gelingende Feier gefreut. Lachend und vom Alkohol schwankend, kam sie an den Tisch zu ihrem Schatz.

»Geht es Dir so schlecht? « fragte sie, als sie sich nach unten zu ihrem auf seinen verschränkten Armen auf dem Tisch liegenden Ehemann beugte.

Ein lauter, schriller Schrei durchdrang den Festsaal. Die Musik hörte augenblicklich auf zu spielen und alle drehten sich zu der Braut um. Diese hatte ihren Mann mit weit geöffneten Augen, tot am Tisch sitzend, aufgefunden. Sie war in Anbetracht der schlechten Luft im Saal, ihrem viel zu engen Hochzeitskleid und dem Schock, der ihr gerade widerfahren war, bewusstlos zusammengebrochen. Zum Glück waren unter den Gästen zwei Ärzte. Der eine war Stationsarzt in der Uniklinik Bonn, der andere ein niedergelassener Internist in Sankt Augustin. Beide leisteten sofort erste Hilfe. Die Frau wurde in eine stabile Lage gebracht mit Hochlagerung der Beine. Den Mann versuchte man mit sofortiger Herzdruckmassage, zu reanimieren. Nach vier Minuten war das Notarztteam des nahegelegenen Krankenhauses vor Ort und übernahm mit der entsprechenden technischen Ausstattung die weitere Erstversorgung. Nach etwa zwanzig Minuten wurde allerdings jeder Wiederbelebungsversuch eingestellt. Das Ärzteteam war sich einig. Der Tod war eingetreten.

Frau Kaarst ging es mittlerweile etwas besser, nachdem man ihr das Kleid geöffnet, die Korsage gelockert und eine kreislaufstabilisierende Spritze, gegeben hatte.

Die alarmierte Polizei der nahegelegenen Wache in Sankt Augustin war mit drei Mann einige Minuten nach dem Notarzt vor Ort. Nachdem der Notarzt seine Reanimationsversuche eingestellt hatte, teilte er den Polizisten mit, dass bei Herrn Kaarst wahrscheinlich ein "nicht natürlicher Tod" eingetreten war. Die Polizeibeamten verständigten daraufhin die Kollegen der Mordkommission und die Spurensicherung. Weiterhin wurde auch Verstärkung von der nahegelegenen Wache gerufen, da bei der Masse an Gästen eine Ordnung nur sehr schwer aufrechtzuerhalten war. Schließlich durfte zunächst niemand den Tatort, um den es sich hier handelte, verlassen.

*

Thekla Sommer hatte es sich, nachdem das Mittagsgeschirr in der Spülmaschine eingeräumt war, in ihrem kleinen Garten des gemieteten Einfamilienreihenhauses, im Siegburger Stadtteil Stallberg, gemütlich gemacht. Sie las gerade die "Autobiografie eines Siegburgers - Im Nebel des Erwachens", als sie im Haus ihr Handy klingeln hörte.

»Warum habe ich denn das Ding schon wieder vergessen mit rauszunehmen«, dachte sie, als sie ins Haus lief. Sie erkannte die Nummer von Robert, ihrem Kollegen bei der Siegburger Kriminalpolizei und seit einiger Zeit auch Lebenspartner. Er war nach einem Wasserrohrbruch der Mieter über seiner Wohnung, kurzerhand und kurzzeitig, bei Thekla eingezogen, da das Zimmer von David, ihrem Sohn, sowieso leer stand. Dieser war schon einige Zeit vorher zu seinem Vater gezogen, da er glaubte, als Teenager dort mehr Freiraum zu genießen.

»Ja mein Schatz, was gibt´s? Hast Du die Eintrittskarten vergessen? « Robert war mit seinem Kumpel auf dem Weg zu einem Konzert, dessen Namen sie vergessen hatte.

»Ich wollte Dir nur Bescheid sagen, dass uns auf der Flughafenautobahn, kurz vor der Ausfahrt >Troisdorf< ein Reifen geplatzt ist und Sebastian gerade noch den Wagen abfangen konnte. Er hat zwar die Leitplanke touchiert aber uns ist, außer Blechschaden, nichts passiert«.

»Soll ich Dich abholen?« fragte Thekla aufgeregt.

»Nein, ich wollte Dir nur Bescheid sagen. Mit dem Konzert, das wird nichts mehr. Wir warten auf den ADAC zum Abschleppen. Kann noch etwas dauern«.

»Danke, dass Du Bescheid gesagt hast. Ich geh dann weiterlesen. Ich bin im Garten«.

Thekla drückte den roten Knopf am Handy und war in Gedanken bei der Autobiografie. Auf der Terrasse angekommen klingelte das Telefon schon wieder.

»Typisch, - der vergisst immer etwas zu sagen«, dachte sie, als sie das Gespräch annahm.

»Was hast Du vergessen? « fragte sie schmunzelnd.

»Wie vergessen? Nichts. Wir haben einen Einsatz«.

Alfred Bollenkamp, der Leiter der Siegburger Mordkommission und Vorgesetzter von Thekla, schien etwas aufgebracht. »Unklare Todesursache im Schloss Langenbach in Sankt Augustin. Da ist eine riesige Hochzeitsgesellschaft und der Bräutigam ist tot. Es gibt jetzt viel zu tun für Euch. Ich ruf' die anderen aus Deinem Team an. Spurensicherung ist schon auf dem Weg. Sagst Du Robert Bescheid? «

Er beendete das Gespräch, bevor Thekla etwas sagen konnte. Seitdem sie zur Dienstgruppenleiterin, eines der drei Teams der Siegburger Abteilung

"Kapitalverbrechen", ernannt wurde, erwartete man von Thekla nun auch selber administrative Arbeit in ihrem Verantwortungsbereich, zu übernehmen.

Sie überlegte nicht lange, nahm ihre Jacke vom Haken, schloss die Terrassentüre, nahm ihre Dienstwaffe ihre Handtasche und eilte zu ihrem Twingo. Sie liebte diesen Wagen und fuhr lieber damit als mit dem klobigen Dienstwagen. Als sie einstieg, hatte sie schon das Handy am Ohr und rief Robert an.

»Hallo Schatz«, sagte dieser erfreut, »schön, dass Du Dir Sorgen machst, aber der ADAC war noch nicht da. Wir warten noch«.

»Auch wenn er zwischenzeitlich kommt, Du wartest bitte an der Stelle weiter, nämlich auf mich! Wir haben einen Einsatz. Fred hat mich gerade angerufen. Wir müssen nach Sankt Augustin. Es ist glücklicherweise nicht weit weg von der Stelle, an der Du gerade bist. Also, - bitte warte auf mich«.

Thekla legte auf, startete den Wagen und fuhr über die Bundesstraße 56 in Richtung Autobahn.

Lisa Drollig, die neue Kommissaranwärterin in Thekla's Team, erreichte Bollenkamp's Anruf, als sie gerade im "Café Loyal", einem veganen Café, schräg gegenüber des Siegburger Bahnhof's, ihren zweiten Cappuccino, mit Hafermilch zubereitet, trank. Dazu hatte sie eine der köstlichen Nussecken, die der Inhaber und Betreiber dieses gemütlichen Cafés selber herstellte und für die diese vegane Oase bekannt war, verzehrt.

»Oh Gott, wie soll ich denn jetzt so schnell zum Einsatzort kommen? « fragte sie ausgerechnet den Leiter der Mordkommission.

Dieser verdrehte am Telefon die Augen und meinte mit erhobener Stimme:»Nimm ein Taxi, wird Dir nach Vorlage einer Quittung ersetzt«.

Glücklicherweise war am Siegburger Bahnhof ein Taxistand. Drei Minuten später war auch Lisa auf dem Weg nach Sankt Augustin.

*

Als der lindgrüne Twingo mit Thekla und Robert auf den mit Kies versehenen Schlossvorplatz fuhr, sahen sie, dass dieser sehr weiträumig mit rot-weißem Flatterband abgesperrt war, damit die Hochzeitsgäste das Gelände erst nach Aufnahme der Personalien das Gelände verlassen konnten. Peter Ludwig und Sybille Salz, ebenfalls

Teammitglieder von Thekla's Gruppe, warteten am Eingang auf ihre Chefin. Als sie das Auto verlassen hatten und in Richtung der Kollegen gingen, hielt hinter Thekla ein Taxi und Lisa kam mit einem lauten »Wartet auf mich«, hinterhergelaufen.

»Was ist denn hier los? « fragte Robert, »was wollen denn all diese Menschen hier? «

»Robert, - dafür muss man zu den Oberen der Gesellschaft gehören, dann hat man auf einmal so viele Freunde. Also ehrlich, - mir wäre das zu viel«.

»Die Kollegen der Schutzpolizei haben bereits ganze Arbeit geleistet. Die Aufnahme der Personalien ist in vollem Gange«, begrüßte Sybille ihre Chefin und den Kollegen.

»Die Kollegen der Spurensicherung sind noch im Saal bei dem Toten. Der Krankenwagen durfte ihn nicht abtransportieren. Wie Du weißt, dürfen sie ja keine Toten mitnehmen. Der Leichenwagen kommt gleich«.

Thekla kam gerade bei dem Leiter der Spusi an, als dieser zu seinen Leuten sagte: »Jungs, - einräumen, hier ist nichts mehr zu tun«.

Thekla schaute ganz erstaunt und sagte »Moment mal, Ihr seid doch auch eben erst gekommen«.

»Dann schau Dich doch mal um. Über einhundert Leute hier im Raum. Die Tische hier um den Toten herum, voll mit halbleeren Gläsern, Flecken, Zigarettenkippen und jede Menge Fingerabdrücken. Wir nehmen die zwei Gläser und das Schüsselchen mit Dessert, die in unmittelbarer Nähe des Toten stehen, mit. Den Inhalt kontrollieren wir. Ansonsten können wir nichts Verwertbares sichern. Ach so, - meines Erachtens ist der mit Zyankali, oder ähnlichem, vergiftet worden. Es riecht so süßlich aus dem Rachen heraus, so nach Bittermandel. Wenn es also zum Dessert nichts mit Marzipan gab, oder in der Hochzeitstorte, dann ist meine Vermutung sicherlich nahe dran. Der Tote muss in die Gerichtsmedizin, danach gibt es mehr Informationen.

Thekla drehte sich zu ihrem Team um.

»Da kommt eine ganze Menge Arbeit auf uns zu«. Bei diesen Worten schaute sie in den Kreis der wartenden Hochzeitsgäste.

Da die Braut nicht vernehmungsfähig war, suchte Thekla den Wedding Planer. Dieser stand mit seiner Assistentin etwas abseits und wartete, bis seine Personalien aufgenommen wurden.

»Guten Tag, Thekla Sommer, ich hörte, Sie haben diese Veranstaltung geplant? Haben Sie zufällig auch eine Gästeliste? «.

»Natürlich, nur leider nicht hier, die liegt im Büro. Das war ein schwieriges Unterfangen, bis diese endgültig fertig war. Bis drei Tage vor Termin wurden immer noch Leute nachgemeldet oder andere gestrichen. Die Braut war da sehr pingelig. Erst gefiel ihr die Sitzordnung nicht, dann wiederum hatten sich andere geringschätzig über das Ausmaß der Feier geäußert. Sie mussten wieder gestrichen werden, aber so ist das, - wer bezahlt, darf bestimmen. Am Ende waren es einhundertzwanzig Gäste plus das Brautpaar, plus wir beide«.

»Können Sie uns die Liste heute noch zufaxen? «

»Selbstverständlich können wir das. Nur müssen wir erst einmal hier an der Reihe sein«.

Thekla begleitete ihn und seine Assistentin zum Anfang der Reihe Wartender.

»Hallo Kollege, nimm bitte die Beiden als nächstes dran, die müssen uns ermittlungsrelevante Listen zukommen lassen. Es eilt«.

Der Beamte nickte und stellte die Beiden an den Anfang der Reihe.

*

Am nächsten Morgen warteten die Kollegen aus Thekla's Team bereits im Siegburger Polizeipräsidium an der Frankfurter Straße. Thekla und Robert kamen sieben Minuten später als vereinbart, da Robert beim Bäcker unbedingt noch seine geliebten überbackenen Käsebrötchen wollte, die aber beim Betreten der Bäckerei, auf der Zeithstraße noch im Ofen waren.

»Entschuldigung, - die Ampelschaltungen«, log Thekla, da sie Robert nicht reinreißen wollte.

Als nächstes schlug Thekla vor, dass Peter Ludwig und Sybille Salz die Listen abgleichen sollten, die der Hochzeitsplaner geschickt hatte und die von der Polizeistation Sankt Augustin, an gelisteten Personen der Hochzeitsfeier, angefertigt wurde. Lisa Drollig sollte am Ort der Feierlichkeiten nachhören, wer gestern in der Küche und als Servicepersonal dort war und ob irgendjemand etwas Verdächtiges gesehen habe. Alles, jede noch so kleine Kleinigkeit, solle Lisa aufnehmen und bei der abendlichen Fallbesprechung vortragen. Sie selbst wolle nun zu der Witwe fahren und sich Klarheit über die wirklichen wirtschaftlichen und persönlichen Verhältnisse verschaffen. Vielleicht würden sich bei den nun anlaufenden Ermittlungen viele Anhaltspunkte für mögliche Motive ergeben, aber diese dann zu selektieren und zu gewichten, - dass war ja schließlich die kriminalistische Arbeit der Mordkommission. Bestimmt würde sich auch in diesem Fall ihr "Bauchgefühl" melden und vielleicht in die richtige Richtung leiten.

*

»Guten Morgen«, sagte Lisa Drollig, als sie gegen elf Uhr die Lobby des Hotels betrat, in dem gestern der Mord geschehen war. »Lisa Drollig, Mordkommission Siegburg, wo geht's denn hier in den Küchenbereich? «

Lisa hielt der Rezeptionistin ihren Dienstausweis entgegen.

»Zur Küche geht´s hier den Flur entlang, geradeaus durch die große Türe«, entgegnete die junge Frau hinter dem Tresen.

»Danke, - ach, - waren sie gestern auch hier im Dienst«

»Nein, ich hatte meinen freien Tag. War ja wohl 'ne mächtige Aufregung hier, wie mir erzählt wurde«

Lisa ging bereits den Flur entlang, als sie sich im Gehen noch umdrehte und zu der jungen Frau zustimmend nickte. Als sie die besagte Türe öffnete, sah Lisa in einen großen, weiß gefliesten und bis fast zur Decke gekachelten Raum. Es waren riesige Gaskochbereiche, deckenhohe Kühl- und Gefrierschränke sowie Arbeitsplatten mit dutzenden von Messern und sonstigen Küchenutensilien vorhanden.

»Na ja«, dachte sie, »ist schon alles größer als in einer normalen Haushaltsküche. Bei den riesigen Töpfen und Pfannen, müssen ja auch die Löffel und Kellen entsprechend größer sein«.

»Hallo, Sie da, hier ist nur Zutritt für Küchenpersonal. Verlassen Sie bitte den Raum und schließen die Türe hinter sich«, rief ein Mann, mittleren Alters, der umringt von drei weiteren Männern, um den Bereich stand, an dem gerade drei Lammkeulen ausgelöst wurden, um sie anschließend für ein Abendbankett, in einem Konvektomaten zu garen.

»Kriminalpolizei, sind Sie der Küchenchef? «, rief Lisa.

»Ja, - Moment bitte, ich komme sofort. Warten Sie aber bitte vor der Türe, - hier ist Hygienebereich«.

Lisa schloss die Türe von außen, brauchte aber nur drei Minuten zu warten und der Maître de Cuisine kam zu ihr.

»Killing, guten Tag, ich habe wenig Zeit, worum geht´s denn. Sicherlich um den gestrigen Vorfall hier im Haus?«

»Ja genau. War ja ziemlich viel los hier, -außer dem Mord, meine ich«, entgegnete Lisa.

»Mord, - ich dachte der Mann hätte vor lauter Aufregung wegen des Festes, einen Herzinfarkt bekommen«.

»Nein, die Gerichtsmedizin hat festgestellt, dass es sich eindeutig um Zyankali handelte. Gab es gestern irgendetwas Besonderes, was Sie oder einer Ihrer Mitarbeiter gesehen hat? «

»Also hören Sie, - wir hatten gestern ein Vier Gang Menü für einhundertzwanzig Gäste. Da hatten wir keine Zeit, uns um Verhaltensweisen unserer Gäste zu kümmern. Wir waren in der Küche mit Vollbesetzung unter Volldampf am Arbeiten«.

»Wer war denn alles hier? «

»Junge Frau, an so einem Tag kann ich niemandem frei geben. Es waren alle vierzehn Leute meiner Crew da, bis auf Bernd Schmidt, der hatte sich krank gemeldet. Er hatte wohl an irgend so einer Bude was gegessen und kam nicht mehr vom Klo runter. So konnte er hier natürlich nichts tun. Na ja, - hier sind ganz strenge Vorschriften und auf die achte ich peinlichst genau«.

»Waren vom Service denn alle da? «

Soweit mir bekannt ist, waren alle zehn Servicekräfte im Einsatz. Sogar von einer Zeitarbeitsfirma hatten wir noch vier Kräfte geordert. Bei der riesigen Anzahl der Hochzeitsgäste war das auch notwendig. Brauchen Sie mich noch? Ich muss wieder rein«.

»Sagen Sie, wer hat ein Auge darauf, wer welches Essen aus der Küche bringt und ist es theoretisch möglich, dass hier in der Küche ...«

»Sprechen Sie es nicht aus! « Der Küchenchef schien richtig zornig zu werden. »Wir sind eines der führenden Restaurants in Nordrhein-Westfalen. Ich lege meine Hand für jeden meiner Leute ins Feuer. Die haben alle mein bedingungsloses Vertrauen. Jetzt kommen Sie daher und wollen meine Leute verdächtigen? Das Gespräch ist für mich beendet. Ich habe keine Zeit mehr«. Herr Killing öffnete die Türe zur Küche, verschwand darin und schloss die Türe wieder, wohl etwas heftiger als normal, mit einem lauten Knall.

Lisa zuckte zusammen.

»Na«, dachte sie, »der steht aber hinter seinem Personal. Wenn das mal bei uns so wäre oder in sonst einem großen Betrieb«.

Wieder an der Rezeption angekommen, fragte sie nach der Geschäftsführung. Die junge Frau telefonierte eine Weile. Dann sagte sie:

»Wenn Sie dort bitte einen Moment Platz nehmen würden«, sie zeigte auf eine Sitzgruppe, bestehend aus vier, aus Antikleder gefertigten Clubsesseln, »Herr von Lorent kommt gleich zu Ihnen«.

Etwa zehn Minuten vergingen, als ein hochgewachsener Herr, in einem, wie es Lisa vorkam, Maßanzug und mit polierten Lederschuhen, wahrscheinlich auch nicht billig, zu ihr kam.

»Moritz von Lorent, guten Tag, was kann ich für Sie tun?« Er streckte ihr seine Hand entgegen, als sein nach Moschus und Palisander duftendes Rasierwasser einen Hauch von Noblesse, Lisas Duftsinn für einen Moment benebelte.

»Lisa Drollig, Kriminalpolizei Siegburg, guten Tag Herr von Lorent. Es geht um den Mord, der gestern hier stattfand «.

»Mord? «, erstaunt zog der Mann seine Stirn glatt.

»Ja, Herr Kaarst wurde mit Zyankali vergiftet. Meine Frage ist die, - wieviel Personal haben Sie hier beschäftigt und wer davon hatte gestern Zugang zu den angemieteten Räumlichkeiten, in denen die Feierlichkeiten stattfanden?«

»Also, - ich verstehe nicht ganz? «

»Herr von Lorent, - bitte beantworten Sie meine Frage«.

»Ja natürlich, wir haben sechsundsechzig Leute angestellt, inclusive Gärtner und Hausmeister. Wenn Räume für Festlichkeiten gebucht werden, hat lediglich das entsprechende Servicepersonal Zutritt dazu. Das ist bei uns im Haus ganz klar per Anweisung geregelt«.

»Gut, dann hätte ich gerne eine Liste der Leute, die gestern dafür in Frage kamen«.

»Na, ich weiß nicht, Sie wissen, wegen Datenschutz«.

»Es geht hier um Mord. Ich kann sofort eine richterliche Verfügung kommen lassen. Es kann sein, dass wir dann möglicherweise eine komplette Hausdurchsuchung wegen des Zyankalis durchführen lassen müssen. Wie Sie vielleicht wissen, ist Zyankali bereits in sehr geringer Menge tödlich und ich weiß nicht,

wie der Richter, beim Ausstellen der richterlichen
Verfügung, dies mit in Betracht ziehen würde«.

»Warten Sie bitte hier. Ich werde die gewünschte Liste
zusammenstellen und ausdrucken lassen«. Herr von
Lorent erhob sich und reichte Lisa, mit einem trockenen
»Guten Tag«, die Hand, um sich zu verabschieden.

Fünfzehn Minuten später verließ Lisa, mit einer
zweiseitigen Liste der Angestellten, die am gestrigen Tage
Dienst hatten, das Anwesen.

»Na, - geht doch«, flüsterte sie lächelnd vor sich hin,
obwohl sie genau wusste, dass sie niemals einen
richterlichen Beschluss bekommen hätte. Dafür bestand
gar kein tatsächlicher Tatverdacht.

*

»Das ist ja richtig mühevolle Kleinarbeit«, sagte
Sybille Salz zu ihrem Kollegen, Kommissar Peter
Ludwig, als sie bereits die dritte und somit letzte Seite der
Gästeliste mit der Liste der Personalienfeststellung der
Leute abglich, die von den Kollegen der
Polizeidienststelle Sankt Augustin aufgenommen wurde.

»Eigentlich eine Aufgabe für Praktikanten oder

Kommissaranwärterinnen«, schmunzelte er.

Sybille fragte nach Namen der Gästeliste und Peter hakte diese auf der Liste von den Kollegen ab.

»Wir sind ja gleich fertig«, fügte Peter hinzu, als gerade die Türe aufging und Alfred Bollenkamp den Kopf ins Zimmer streckte.

»Und«, fragte er, »schon irgendwelche Erkenntnisse«.

Sybille erklärte, »Ja, wir haben Kaffeedurst. Ansonsten haben wir noch nichts gefunden. Wie es bei den anderen aussieht, wissen wir noch nicht. Das wird wohl heute Abend bei der abendlichen Fallbesprechung erst zusammengetragen«.

»Soll ich Euch einen Kaffee bringen? Oder besser noch, Ihr macht jetzt eine von mir angeordnete Kaffeepause. Danach sind die Gehirnzellen wieder neu aufgeputscht und der Bürojob geht leichter«, grinsend machte er die Türe wieder zu.

Peter schaute rüber zu Sybille.

»Gut, - wenn der Chef das so meint. Ich nehme meinen Kaffee mit Zucker, ohne Milch«.

»Wie jetzt? « Sybille schaute Peter fragend an, als dieser aufstand und zur Türe ging.

Dieser schaute schmachtend zu seiner Kollegin.

»Bring mir doch bitte einen vom Automaten mit. Ich möchte gerne schnell eine Rauchen gehen«.

Sybille nickte, denn sie konnte sich noch gut daran erinnern, wie es war als sie noch rauchte und die Abhängigkeit ihren Tribut verlangte. Es war eine harte Zeit, sich das Rauchen abzugewöhnen, doch was ihr Mann nach einem erlittenen Herzinfarkt geschafft hatte, wollte sie unbedingt auch erreichen. Die ersten zwei Monate waren recht hart gewesen, aber heute, zwei Jahre nach ihrer "Letzten", verspürte sie keine Lust mehr, aufs Rauchen.

Als Peter wieder ins Zimmer kam, stand der Kaffee an seinem Platz. Sybille roch sofort, dass es wohl zwei waren, die er sich gegönnt hatte und schaute vorwurfsvoll zuerst zu ihm und dann auf ihre Uhr.

»Ja, ist ja schon gut. Es waren zwei Zigaretten, aber wer weiß wann ich jetzt wieder dazu komme? «

Etwa zwanzig Minuten später kam Lisa zur Türe hinein.

»Puh, hier riecht es aber nach Nikotin, - hat hier einer geraucht? «. Sie setzte sich auf den Stuhl neben Peter Ludwig.

27

»Oh, das ist Dein Pullover der so riecht. Hast wieder zwei hintereinander geraucht, oder? «

Peter schaute über seinen Brillenrand zuerst zu Lisa, - dann zu Sybille, die sich immer ein wenig einig waren, ihn wegen der Raucherei ein wenig zu foppen. Aber eigentlich machten sie sich nur einen Spaß daraus. Es war nie ernst gemeint.

Kurze Zeit später war die Kontrolle der Listen fertig und man stellte fest, dass drei geladene Gäste, die auf der Liste standen, nicht auf der Liste waren, die von den Kollegen aufgenommen wurde. Andererseits waren drei Personen auf der Liste der Personenkontrolle, die nicht auf der Hochzeitsliste standen. Daraus ergab sich, dass sechs Personen zu überprüfen waren. Mal sehen wie Thekla dass am Abend deuten würde. Sicherlich genauso wie jetzt bereits geschehen. Sie gehörten auf die Liste derer, die zusätzlich ins Fadenkreuz der Ermittler gehörten, die sonst noch zu benennen waren.

*

Thekla und Robert trafen gegen Mittag bei der Witwe, Monika Kaarst, ein. Sie bewohnten in Sankt Augustin-

Buisdorf, Rosenweg. Dort hatte Herr Kaarst kurzerhand drei nebeneinander liegende Grundstücke gekauft. Den Bebauungsplan hatte er ändern lassen, ein Haus, was auf einem der Grundstücke stand, abgerissen und sich von einem Düsseldorfer Architekten, eine Prachtvilla errichten lassen.

»Was wollen Sie denn schon hier? Gerade gestern habe ich meinen Mann verloren und beginne erst zu begreifen, was geschehen ist, - schon stehen Sie hier vor der Türe. Außerdem ist jetzt Mittagszeit und mein Essen wird gleich serviert«.

Robert antwortete ohne zu überlegen in gleichem Ton, wie ihm begegnet wurde:

»So, - Ihr Essen wird gleich serviert. Nun hören Sie mal zu Frau Kaarst. Während wir hier in mühevoller Kleinarbeit der Aufklärung eines Menschenmordes nachgehen und sie sich hier von Ihrer Haushälterin ...«

Thekla schob sich zwischen die Beiden, sich gegenüber Stehenden, mit ihrem Gesicht Frau Kaarst zugewandt.

»Entschuldigen Sie bitte, Frau Kaarst, aber wenn mein Kollege hungrig ist und er zudem auch noch schlecht geschlafen hat, ist er manchmal ein wenig gereizt«.

»Oh, der Kollege hat Hunger? Soll ich für Sie ein Gedeck auflegen lassen? Möchten Sie mitessen?«

»Nein nein, Frau Kaarst«, versuchte Thekla die Situation zu retten, da sie genau wusste, dass Robert keine Scheu hatte, ein Angebot zum Essen auszuschlagen. Er hatte nämlich meistens Hunger und war nicht abgeneigt, solche Angebote allzu gern anzunehmen. Dass er sich ins Fettnäpfchen gesetzt hätte, hätte er erst viel später gemerkt. »mein Kollege hat mich bereits für nachher zum Essen eingeladen und wir wollen ihm doch nicht den Appetit nehmen«.

»Aber...«, wollte Robert gerade loslegen, als ihn Theklas wütender Blick traf. Er war sofort still.

»Aber wir warten dann gerne draußen, bis Sie gespeist haben«, versuchte er nun die Situation wieder zu retten.

»Wie Sie wünschen, die Herrschaften. Sie können in dem kleinen Pavillon hinter dem Haus warten. Ich komme dann gleich. Dort steht auch ein Aschenbecher«.

Frau Kaarst schloss die Türe und Thekla packte Robert, um ihn am Haus vorbei, in den Garten zu schieben.

»Was bildet die sich denn ein?« fragte Robert.

»Lass sie erst mal. Wenn wir sie jetzt schon gegen uns

aufbringen, können wir nachher keine Chance nutzen, dass sie sich vielleicht zu einer unbedachten Äußerung hinreißen lässt«.

Thekla schaute sich in dem, von einem Gärtner angelegten Garten, um. Hier waren edle Hölzer aus Norwegen und feine Sträucher aus Japan miteinander arrangiert. Während Robert in dem kleinen Holzunterschlupf bereits seine zweite Zigarette rauchte, bewunderte Thekla, das noch recht neu wirkende Wohnhaus, von der Rückseite.

Zwanzig Minuten später kam Frau Kaarst in den Garten. Sie hatte sich umgezogen und trug jetzt ein leichtes Sommerkleid aus Seide von Jean-Paul Gaultier.

»Darf ich Ihnen was zu Trinken bringen lassen? «

»Sehr gerne«, rief Robert sofort aus der "Zigarettenecke",»ich hätte gerne einen Kaffee und ein Glas Wasser«.

»Und Sie?«, wurde nun Thekla gefragt.

»Dann hätte ich auch gerne ein Mineralwasser«

Thekla ärgerte sich über das vorlaute Vorgehen von Robert. Es war aber gleichfalls auch seine manchmal ruppige und unbedachte Art, die sie an ihm liebte. Er sagte das, was er gerade dachte. Manchmal kam es ihr vor, als sei er in kurzen Momenten wie ein Kind. Gerade darum beneidete sie ihn auch, denn ihr war das Unbedarfte abhandengekommen, während der Zeit mit Bernd Lay, Davids Vater.

Sie nahmen, an dem kleineren der beiden Palisandertische Platz, die am Rande der Terrasse so angeordnet waren, als würden sie mit dem angelegten Springbrunnen, ein Ensemble bilden.

»Ein sehr schönes Kleid«, wollte Thekla die Befragung nun höflich beginnen.

»Ja, - das hat mir mein Mann letzten Sommer in Cannes gekauft. Es ist wunderbar leicht und spielerisch auf der Haut. Ich glaube, ich werde es meiner Haushälterin schenken. Es erinnert mich zu sehr an die schöne Zeit mit meinem Mann und die jetzige maßlose Trauer«.

»Verstehe«, nickte Thekla. »Wer erbt denn das hier alles, - und was hat ihr Mann eigentlich beruflich gemacht?«

»Mein Mann war bis vor zwei Jahren für eine Spedition in Hennef tätig. Er war dort als Auslieferungsfahrer für Möbel angestellt. Dann jedoch ereilte ihn das große Los. Er gewann im Lotto den

Jackpot und bekam zwölf Millionen Euro ausgezahlt. Zuerst konnte er gar nicht mit der Vorstellung umgehen, nun so viel Geld zu besitzen, aber als ich ihn dann beraten hatte, ich war zu dem Zeitpunkt noch seine Bankberaterin, drüben in der Bank hier im Ort, legte er das Geld erst einmal an. Hinterher, als wir uns dann einmal zu einem Wein verabredet hatten und es zwischen uns funkte, hat er dann dieses Haus hier bauen lassen.

»Praktisch, - so direkt neben der Arbeitsstelle«, schob Robert zustimmend ein.

»Wie ? « fragte Frau Kaarst, »ich hab dann auch sofort aufgehört zu arbeiten. Ich war doch schließlich die Freundin eines Multimillionärs«.

»Und jetzige Ehefrau, - Entschuldigung, - Witwe«, warf Robert ein. »Sie kannten Ihren Mann also erst zwei Jahre? « fragte er sofort nach.

»Ja, vorher war er ja schon Kunde bei unserer Bank, war mir aber nie aufgefallen. Er hatte sein Lohnkonto bei uns«.

Frau Kaarst blickte nach unten und zog Luft durch die Nase, so als ob sie den Tränen nahe war.

»Frau Kaarst«, fragte Thekla erneut, »wer ist denn hier alles erbberechtigt? Gibt es ein Testament? «

»Testament? Daran haben wir noch gar nicht gedacht. Wir wollten doch nun erst einmal das Leben genießen. Schnelle Autos, Urlaub, High Society, Sie verstehen?«

»Wir verstehen nur all zu gut«, sagte Robert und erntete wieder einen strafenden Blick von Thekla.

»Und, - wer ist alles erbberechtigt?« fragte Thekla erneut.

»Oliver war nie verheiratet, hat auch keine Kinder oder Geschwister. Die Eltern sind schon einige Jahre tot. Ich gehe davon aus, dass ich die Erbin bin«.

»Wie hoch ist denn die Summe, um die es hier geht? Sie als ehemalige Bankerin haben doch sicherlich die Zahlen im Überblick«. Robert wusste, dass dies eine sehr indiskrete Frage war, aber Geldgier war schon immer ein sehr großes Motiv für eine Straftat.

Frau Kaarst schaute in die Luft, als wolle sie einige imaginäre Zahlen addieren. Sie schaute von links oben nach rechts oben und wieder zurück. Dann sagte sie:

»So in etwa achteinhalb Millionen sind noch übrig«.

»Nun zurück zu gestern. Haben Sie irgendeinen ersten Verdacht, wer Ihrem Mann das angetan haben könnte. Hatte er irgendwelche Neider oder Feinde?«. Thekla war nun wieder in ihren typischen Befragungsmodus gewechselt, den wiederum Robert so an ihr liebte.

»Frau Sommer, - Sommer war richtig, nicht war? Frau Sommer, wenn jemand so viel Geld gewinnt, hat er automatisch Neider. Das fängt ja schon bei den Arbeitskollegen an und geht über die Nachbarschaft weiter. Aber diese Leute hatten wir ja gar nicht zur Hochzeit eingeladen. Feinde im direkten Sinne hatten wir auch nicht, - höchstens Menschen, die wollten, dass wir unser Geld bei ihnen investieren sollten. Von denen waren auch zwei, drei eingeladen. Aber nein, - die schlagen doch nicht bei einer solchen Feierlichkeit zu. Was hätten diese Menschen auch davon. So kann mein Mann ja gar nicht mehr bei ihnen investieren«.

»Wer hatte denn die Gästeliste entworfen? Kannte Ihr Mann so viele Leute, wo er doch noch bis vor einigen Jahren nur ein kleiner Angestellter war, - wie Sie gesagt haben«. Theklas Fragestellung wurde nun auch ein wenig provokant. Sie hatte auf den Kommissar Lehrgängen gelernt, einer Befragung, punktuell, einige psychologische Fragestellungen einzufügen.

»Nun, - die Liste stammte weitestgehend von mir. Ich habe sie zusammen mit dem Wedding Planer entworfen.

Dabei hatten wir uns daran gehalten, auch einige Leute aus Politik und Wirtschaft einzuladen. Sie verstehen, - Bürgermeister, Abgeordnete, Aufsichtsräte, Leute eben, die ich noch aus meiner Banktätigkeit kannte und die, die die verschiedenen Fäden in der Hand hielten. Sehen und gesehen werden. Geben und nehmen. So geht das halt ab einem gewissen Vermögen«.

Robert glaubte, sich übergeben zu müssen. Lag es nun an dem viel zu bitteren Kaffee oder an der dekadenten Art und Weise, der er hier begegnete?

»Ich glaube, ich muss mal schnell telefonieren«, sagte er, als er aufstand und Richtung Gartentor ging.

»Das war es für's erste«, sagte Thekla in Richtung der erstaunt wirkenden Witwe, »wir möchten Sie bitten uns in den nächsten Tagen noch zu Verfügung zu stehen. Unternehmen Sie bitte erst mal keine weitere Reise«.

»Wann kann ich denn meinen Mann…«

»Sobald der Leichnam freigegeben worden ist, bekommen Sie Bescheid«, unterbrach Thekla, zwar unhöflich, aber sie wollte doch Robert hinterher. So kannte sie ihn gar nicht. Er sah so blass aus, als er den Tisch verließ.

»Was ist los mit Dir, Schatz, Du siehst so blass aus? «

fragte Thekla besorgt, als sie wieder auf der Straße standen und in Richtung Auto gingen.

»Ich weiß auch nicht. Entweder ist mir diese scheiß überhebliche Art von der Alten so auf den Magen geschlagen, oder der Kaffee war es. Vielleicht war es ja dieser neumodische Kaffee, den die oberen Zehntausend trinken. Diesen Kaffeekirchen, die zuerst von wildlebenden Schleichkatzenarten in Indonesien gefressen und dann halb verdaut wieder ans Tageslicht kommen, so werden die Kaffeebohnen entnommen, besonders geröstet und als Besonderheit angeboten. Neuerdings wird dieses Verfahren auch bei in Käfigen gehaltenen Großkatzen, angewandt. Alleine bei dem Gedanken daran, dass dies solch ein Kaffee war, könnte ich mich übergeben. Ich glaube, bevor wir jetzt ins Präsidium fahren, muss ich noch bei Imbiss Paul, in Siegburg-Kaldauen, vorbei. Dem seine Currywurst, mit der selber gemachten Soße, würde mir jetzt guttun«.

»Na gut, - wenn mein kleiner kranker Schatz dadurch wieder gesundet, - dann fahren wir da zuerst vorbei«.

Augenblicklich ging es Robert besser und er grinste wie ein Schulbub.

Als sie von Buisdorf aus über die Siegbrücke fuhren

und dann rechts in die Wahnbachtalstraße abbogen, merkte er, Robert, dass Thekla es ernst gemeint hatte. Sie fuhr tatsächlich zuerst nach Kaldauen. Kurz vor dem Imbiss, auf der Hauptstraße, fuhr Thekla etwas langsamer und schaute sehnsüchtig in die Neubausiedlung, auf der rechten Seite. Hier wohnte nun ihr Sohn David, der es vor einigen Monaten vorgezogen hatte, bei seinem Vater zu leben. Hier war ja auch die Nähe zu Jana, seiner Freundin, gegeben. Augenblicklich bekam Thekla ein total komisches Bauchgefühl. Sie konnte bei Paul nichts bestellen, obwohl Robert sich sogar eine "doppelte Curry mit Brötchen" gönnte.

*

Alfred Bollenkamp hatte die >Soko Hochzeit< ins Leben gerufen und somit die Berechtigung, Thekla's festes Team um drei Kollegen aus anderen Abteilungen, aufzustocken. Diese drei Kollegen hatten die unliebsame Aufgabe, die Hochzeitsgäste aufzusuchen und alle zu befragen, ob ihnen etwas Ungewöhnliches während der Feierlichkeiten aufgefallen sei, was mit dem Mord in Verbindung stehen könnte.

Die anderen von Thekla's Team, fanden sich alle am späten Nachmittag in dem Besprechungsraum des

Polizeipräsidiums ein. Thekla platzierte sich vor dem recht neuen Whiteboard, dass sich in der Vergangenheit bereits als eine gute Übersichtshilfe erwiesen hatte.

»Fassen wir die Ergebnisse also zusammen«, sagte sie und schrieb einige Namen untereinander auf die linke Seite, unter die erste Rubrik "Gäste, nicht mehr anwesend". Luise und Alfred Heimert, Staatsanwalt aus Bonn, mit Ehefrau. Ich glaube nicht, dass wir die noch nach ihrem Verbleib fragen müssen, dennoch, der Form wahrend, Lisa das machst Du morgen. Ebenfalls kümmerst Du Dich um Daniel Reiffert, Ex-Arbeitskollege des Toten. «

Thekla schaute zu Lisa rüber. Diese hatte alles mitgeschrieben und nickte, zur Bestätigung.

»Dann haben wir hier, unter der Rubrik "Gäste die nicht auf der Liste waren", Timm Karr, Hochzeitsplaner und Jessika Wender, dessen Assistentin. Eigentlich können wir die beiden auch außer Acht lassen. Sie mussten bei dem riesigen Auftrag alles begutachten, um keine Fehler eingestehen zu müssen, dennoch werden auch sie befragt. Wer auch noch auf der Liste der Sankt Augustiner Kollegen stand, die aber nicht auf der Einladungsliste zu finden war, Jenny Hummel. Nach eigenen Angaben eine Exkollegin von der Witwe. Ich frage mich, was sie auf der Hochzeit zu suchen hatte. Sybille, kannst Du bitte diese drei morgen befragen? «

Sybille nickte, auch sie hatte alles mitgeschrieben.

Peter Ludwig meldete sich zu Wort:

»Thekla, was ist Dein Plan? Was soll ich morgen machen? «

»Mir wäre es sehr recht, wenn Du mit Robert das Servicepersonal des Restaurants befragen würdest. Dank Lisas eifrigem Einsatz haben wir hier eine Liste, die vierzehn Leute aufzählt, die für den Service zuständig waren. Inklusive vier Damen, die von einer Zeitarbeitsfirma eigens für diese Feier gebucht wurden«.

Peter nickte.

»Aber…?? « Robert wollte gerade protestieren, da er lieber mit seiner geliebten Thekla ein Team bildete.

»Ich werde morgen noch einmal zu der Witwe fahren. Es sind noch zu viele Fragen offen, die nicht angeschnitten wurden. Zum Beispiel, die Gewohnheiten des Paares oder die Befragung der Haushälterin. Vielleicht haben sie ja auch noch mehr Personal, welches eventuell nicht so gut mit dem Hausherrn zurechtkam? Auch möchte ich mich gerne in der Nachbarschaft umhören. Wer war eingeladen und wer nicht? Ich glaube, dass Robert dann lieber mit Dir, Peter, die Damen vom Service befragt«.

Robert senkte den Kopf Richtung Tischplatte und schaute zu Peter. Einstimmig und ohne Worte, nickten sie sich zu. Das gefiel ihnen besser. Zusammen ermitteln, ablästern und danach noch irgendwo einen schön fettigen Burger essen. Das war ihr Ding.

Wir haben hier noch den Bericht der Kölner Gerichtsmedizin vorliegen. Es war eindeutig Zyankali, welches im Magen des Toten festgestellt wurde. Allerdings war in der untersuchten Süßspeise, deren Rest ebenfalls beschlagnahmt wurde, nichts von dem Gift zu finden. Die Frage ist also, - wie ist es Herrn Kaarst verabreicht worden. Zyankali kann leicht aufgelöst werden und einem Drink untergemischt, ist es kaum wahrnehmbar. In den Gläsern, die untersucht wurden, waren keine Spuren von Gift festzustellen. Da Zyankali einen bitteren Geschmack entwickelt, kann es also eigentlich nur über eine bittere Speise oder in einer extrem süßen Speise verabreicht worden sein. Sybille, kannst Du morgen noch bei dem Restaurant vorbeifahren und um eine Speiseliste des Menüs fragen. Ich weiß, dass ein Koch nicht gerne die Zutatenliste herausgibt, aber unter diesen Umständen müssen wir darauf bestehen«.

»Danach habe ich auch, zumindest teilweise gefragt, da ich mir dachte, wieso eigentlich Herr Kaarst vergiftet wurde, bei einhundertzwanzig Essen und vier Gängen pro Essen. Da ist doch die Wahrscheinlichkeit eines geplanten Anschlags sehr gering. Deshalb hatte ich Herrn Moritz von Lorent, den Manager des Hotels, gefragt, ob es beim Festessen ein besonderes Highlight, nur für das Brautpaar oder den Bräutigam gab. Und siehe da, - jeder Gast hatte zum Dessert, so als krönenden Abschluss, zum Kaffee auch noch eine Kleinigkeit aus Marzipan bekommen. Dem Brautpaar wurde hier eigens jeweils eine Braut für den Herrn und ein Bräutigam für die Dame, in der hauseigenen Patisserie, handgefertigt. Diese Figuren hatten als Besonderheit, dass sie mit Nugat gefüllt waren, aber über der Marzipanmasse noch ein Hauch von Meersalz gepinselt wurde. Also ein süßer Geschmack, der von einer herben Salznote unterstrichen wurde. Angeblich war dies von dem Brautpaar genauso bestellt worden, da es zu den Lieblingsaromen, in genau dieser Verbindung, des Paares zählte«.

Thekla haute mit der flachen Hand auf den vor ihr stehenden Tisch.

»Sehr, sehr gut, Lisa. Du verblüffst mich. Genau das könnte eine entscheidende Spur sein. Doch diese gehört vor einer abendlichen Fallbesprechung in das Zusammentragen der Ergebnisse. Merk Dir das bitte für's nächste Mal. Es ist ein so wichtiges Ergebnis Deiner Recherche«.

»Hab ich vergessen zu erwähnen«, gab Lisa kleinlaut und schuldbewusst von sich.

»Dennoch, Lisa, das war sehr gute Leistung. Du hast uns weitergebracht«, lobte Thekla nochmals.

Lisa bekam wieder ihr >kleines Mädchen Grinsen<. Wurde sie doch gerade vor versammelter Mannschaft von der Chefin gelobt. Das gefiel ihr. Wir sollten uns also wirklich zunehmend mit dem Servicepersonal und den Küchenangestellten beschäftigen. Irgendwie muss das Zeug ja in den Magen von dem Kaarst gekommen sein.

Robert, Peter, also bitte eindringliche Befragungen der Damen vom Service. Die Köche und Helfer in der Küche müssen wir dann zu mehreren, möglichst zeitgleich, befragen. Nicht dass die sich noch absprechen. Ansonsten steht der Plan für Morgen. Wir machen alles wie eben besprochen«.

»Besprochen? « fragte Robert, als alle den Raum
verlassen hatten und er sich mit Thekla alleine darin
befand. »Das war doch ein regelrechter Befehlston, den
Du da angeschlagen hattest«.

Thekla schaute ihrem Robert genau in die Augen. Ihre
Gesichter waren nun etwa zehn Zentimeter voneinander
entfernt. »Weist Du mein Lieber«, sagte sie leise,
»manchmal muss man zur Durchsetzung eines Vorhabens
auch Anweisungen geben können, sofern man dazu
berechtigt ist«. Dann gab sie ihm einen dicken Kuss.

Er hatte schon verstanden, was sie meinte mit » ..
sofern man dazu berechtigt ist«. Sie war die Chefin.

Zweites Kapitel

»Schüttest Du schon mal das Bier ein? Ich bin hier gleich soweit«. Thekla hatte sich dazu entschlossen, für sich und Robert schnell ein paar Spiegeleier zu machen. Sie waren erst gegen halb sieben aus dem Büro nach Hause gekommen und hatten dehalb keine Lust mehr, etwas Aufwendiges zuzubereiten. Sie hatte jedem zwei Scheiben Brot geschmiert, darauf dünn geschnittenen Bergkäse und rohen Schinken, den sie in dem Delikatessenladen am Siegburger Markt gekauft hatte, draufgelegt. Dazu gab es am Tellerrand Gurkenscheiben und dünn geschnittene Tomaten, aus dem eigenen Garten. Das Ganze wurde nun gekrönt durch die gebratenen Spiegeleier des Bauernhofes am Ende des Stadtteils, in dem sie wohnten. Der Bauer versicherte, dass er kein künstliches Futter verwende, sondern seinen selber angebauten Mais, verfüttere. Das sah man auch, - denn das Dotter hatte eine schöbe satte, goldgelbe Farbe.

»Hm, lecker sieht das mal wieder aus. Hier Schatz, - Dein Bier«. Robert hatte das >Warsteiner Pils<

eingeschenkt, das er gestern erst gekauft hatte. Er liebte den herben Geschmack dieses Bieres, das wie er fand, sehr gut zu den Spiegeleiern passte.

»Ich würde mal wieder gerne ins Kino gehen«, sagte Robert schmatzend, als er den letzten Rest des Abendbrotes noch am kauen war. »Eiskonfekt, Popcorn und 'ne große Cola. Was meinst Du? «

Thekla schaute ihn etwas mitleidig an.

»Also, irgendwie verstehe ich Dich nicht. Gerade hast Du das, wie Du selber gesagt hast, leckere und reichliche Essen verzehrt, - und schon denkst Du wieder an weiteres Essen und Trinken«.

»Nein, - versteh mich doch nicht falsch. Mir geht es um einen schönen Filmabend. Aber es ist doch so, - kein Kinobesuch ohne Eis, Popcorn und Cola. Das ist doch schon Kult seit unserer Jugend «.

»Schöne Filme gibt es auch in der Mediathek. Wir haben uns extra diesen überdimensionalen Fernseher zugelegt, weil Deiner bei dem Wasserschaden in Deiner Wohnung zu Schaden gekommen war«.

»Den aber die Versicherung des Schadenverursachers, der Mieter in der Wohnung über mir, bezahlt hatte«.

»Robert, darum geht es jetzt nicht, ich sagte ...«.

Es klingelte an der Tür.

»Erwartest Du noch jemanden? « fragte Thekla.

»Ich nicht, - vielleicht ist es der Nachbar, dieser "Amore Italiener", der Dich immer im Garten so schmalzig angrinst und Dich, ich betone Dich, immer "zu einem original italienischen Rotwein", wahrscheinlich meint er "Lambrusco", einladen will. Der zieht Dich doch stets mit Blicken aus, wenn Du Dich in Deinem, ohnehin schon sehr knappen, Bikini sonnst.

»Soll das heißen, der Bikini passt nicht mehr. Hab ich etwa zugenommen? « Thekla spielte die Entrüstete.

»Oh Mann«, dachte Robert, »bei manchen Frauen muss man so aufpassen was man sagt«.

Schon wieder klingelte es. Diesmal etwas heftiger.

Thekla öffnete die Haustüre und sah in ein betrübtes Gesicht. Sie erkannte sofort die Gefühlslage ihres Sohnes David, der seinen Motorroller am Gartenzaun festgekettet hatte und nun seiner Mutter mit tränenunterlaufenden Augen gegenüberstand.

»David mein Schatz«, versuchte sie die Situation etwas aufzuhellen, »komm rein. Schön dass Du nach so langer Zeit mal wieder vorbei schaust.

David schlurfte, ohne ein Wort zu sagen, an seiner

Mutter vorbei durch den Flur, an dessen Ende er seinen Rucksack abstreifte und fallen ließ. Er betrat das Wohnzimmer, wo sich im hinteren Bereich die Essecke befand, an dem Robert gerade das Geschirr abräumte.

»Haste ein Bier für mich?« fragte David.

Noch bevor Robert etwas sagen konnte, war Thekla bei den Beiden.

»Klar haben wir ein Bier für Dich«, antwortete Thekla, als sie gleichzeitig David in Richtung Wohnzimmercouch lenkte. Sie drehte sich zu Robert und meinte:

»Kannst Du uns bitte noch zwei Flaschen und Gläser bringen, bevor Du zu Deiner Verabredung mit Klaus gehst?« Dabei zwinkerte Sie mehrmals in Robert's Richtung, der erst verdutzt, dann aber wissend nickte.

»Das ist bestimmt so ein Mutter-Sohn Ding«, überlegte er.

»Dir geht's nicht so gut, ne?« Thekla versuchte vorsichtig auf ihren heranwachsenden Sohn einzuwirken.

David nickte langsam, das Gesicht Richtung Boden geneigt.

»Oh Gott, der Arme«, Thekla schossen Gefühle des Mitleids in den Kopf, aber auch in ihren Bauch.

»Hat mich mein Bauchgefühl heute Mittag in Kaldauen also doch wieder vorgewarnt. Ich kann mich richtig gut auf meine Intuition verlassen«, dachte sie.

»Kann ich heute Nacht bei Euch schlafen? Vielleicht oben in dem kleinen Büro, dort steht doch noch die Schlafcouch, die Ihr aus meinem ehemaligen Zimmer dort untergebracht habt«.

»Klar mein Schatz. Du kannst jederzeit hier schlafen, oder auch wieder ganz hierhin zurückkommen. Was ist denn los. Ärger mit Deinem Vater? «

David schüttelte den Kopf, als er das leckere Warsteiner trank, wobei er ein paar Tropfen verschüttete, die auf dem Teppich landeten.

»Ist nicht schlimm «, sagte Thekla. »Erzähl, worum geht's denn? «

»Ach Mama«, David bekam wieder dicke Tränen in den Augen, die ihm dann über seine Wangen liefen, »ich glaube Jana will Schluss machen«.

»Liebeskummer, - und ich dachte es sei was Schlimmes«, dachte Thekla.

»Wie kommst Du denn darauf? Hat sie das gesagt? «

»Nein, aber sie lässt sich seit zwei Tagen verleugnen. Sie geht nicht ans Telefon und bei ihr zu Hause sagt die

Mutter immer, Jana wolle mich im Moment nicht sehen. Dabei haben wir doch noch vor ein paar Tagen, .. na Du weißt schon«.

»David«, versuchte Thekla auf ihren Sohn beruhigend einzureden, »Ihr seid beide sechzehn und beide in der Pubertät. Da hat man schon mal Launen. Außerdem kennt Ihr Euch nun seit sieben Monaten und hattet schon einen schönen Urlaub gemeinsam in Ostfriesland. Ist da irgendetwas vorgefallen? «

»Nein, das ist es ja gerade. Jana sagte noch vor ein paar Tagen, sie glaube sie bekäme ihre Tage und jetzt will sie mich nicht mehr sehen«.

Jetzt dämmerte es Thekla. Sie nahm Davids Hand.

»Schau mal David. Wenn ein Mädchen in der Pubertät ist, dann kann es vorkommen, dass es starke Hormonschwankungen hat und während der Menstruation auch Schmerzen im Unterleib oder Migräneanfälle. In dieser Zeit möchte man sich auf nichts und niemanden einlassen. Glaub mir, auch ich hatte damals solche Momente«.

David schaute nun seine Mutter an, wischte sich die Tränen ab und meinte:

»Mama, stimmt das? Dann ist vielleicht doch nicht

Schluss? «

»Mein Junge, - lass Jana noch ein bis zwei Tage Zeit. Ich bin mir sicher, dass alles gut ist zwischen Euch. Ich habe sie doch als liebenswertes Mädchen kennengelernt und selbst Opa hat so von ihr geschwärmt, nachdem Ihr zusammen in der Bornheimer Pizzeria essen wart«.

David nickte.

»Du hast bestimmt recht. Danke dass Du mir das so erklärt hast«.

Thekla nahm Davids Kopf in den Arm und zog ihn an ihre Schulter.

»Ach mein Junge, dafür sind Mütter da. Möchtest Du noch eine Cola? Du schläfst ja doch hier, denn mit einer Flasche Bier intus, lasse ich Dich nicht mehr mit dem Roller nach Hause«.

David nickte grinsend. Jetzt ging es ihm besser.

*

Am nächsten Morgen trafen sich die Kommissare alle, wie vereinbart, im Polizeipräsidium auf der Frankfurter Straße in Siegburg. Es hatten sich über Nacht keine neuen

Erkenntnisse ergeben, so dass jeder die ihm am Vortag delegierten Aufgaben übernahm. Die beiden Ermittler, die mit den Befragungen der Hochzeitsgäste betraut waren, meinten sie kämen nur schleppend voran und die Auswertung der Aussagen würde sicherlich noch ein paar Tage andauern.

»Eigentlich geht mir das zu langsam«, meinte Thekla, aber die Nachfrage bei Fred ergab, dass zurzeit keine weiteren Leute von anderen Fällen abgezogen werden konnten.

»Na gut Leute, also los. Ach eins noch, - Lisa und Sybille, - wenn Ihr mit der Befragung durch seid, - könnt Ihr bitte Robert und Peter im Restaurant bei deren Befragungen des Servicepersonals unterstützen? «

Beide schauten sich an, nickten und gingen zu ihrem Dienstwagen.

»Also«, verabschiedete Thekla die Gruppe, »frisch ans Tageswerk«

Lisa hatte die drei Leute zu befragen, die auf der Hochzeitsliste standen, jedoch bei der Personalienaufnahme nicht mehr anwesend waren. Sie hatte in Erfahrung gebracht, dass der Staatsanwalt

Heimert seit drei Jahren bei der Staatsanwaltschaft in Bonn, angestellt war. Also fuhr sie von Siegburg über die B 56, nach Bonn-Beuel. In der Herbert-Rabius-Straße angekommen, wunderte sie sich über die Größe des Gebäudes. »Hier müssen entweder jede Menge oder sehr wichtige Leute arbeiten«, dachte sie, als sie die Eingangshalle betrat. Die Empfangsdame war sehr freundlich und meldete Lisa bei Herrn Heimert telefonisch an. Als Lisa in der dritten Etage ankam, wartete bereits am Aufzug ein braungebrannter, elegant gekleideter und wohlriechender Enddreißiger.

»Ich darf vorausgehen? « fragte er, nachdem sie sich per Handschlag begrüßt hatten.

»Gerne«, antwortete Lisa beeindruckt von der Erscheinung. »Den würde ich aber auch nicht von meinem Bett schubsen«, dachte sie, wobei sie erschrak, denn sie merkte, wie sie leicht errötete.

»Herr Heimert, ich komme wegen der Hochzeit, auf der Sie und Ihre Frau gestern eingeladen waren. Wie Sie vielleicht schon gehört haben, ist Herr Kaarst umgebracht worden. Sie waren bei der anschließenden Personenkontrolle nicht vor Ort. Darf ich fragen, wo Sie und Ihre Frau waren? «

»Wenn ich nicht wüsste, dass Sie das im Rahmen Ihrer Arbeit fragen müssen, wäre ich entrüstet über die Frage eines Alibis. Nein, - im Ernst, - meiner Frau ging es nicht gut und wir mussten bereits vor dem Festessen nach Hause fahren«.

»Ok«, gab sich Lisa sofort mit der Antwort zufrieden. Sie war immer noch beeindruckt von der perfekten Erscheinung und dem wohlriechendem Rasierwasser, - oder war es >eau de toilette< ?

Beim Verlassen des Büros gab sie ihm ihre Karte mit den Worten, »wenn Ihnen noch was einfällt? Man weiß ja nie?«, dabei zwinkerte sie ihm mit einem Auge zu und ging schnell Richtung Aufzug.

»Oh mein Gott, - was hab ich denn da wieder angestellt? Mit einem verheirateten Staatsanwalt flirten. Hoffentlich hat das mal keine Folgen«.

Im Wagen angekommen musste Lisa erst mal etwas Wasser trinken und sich mit einem Erfrischungstuch abkühlen. Dann startete sie den Wagen und fuhr nach Sankt Augustin Hangelar, dem >Wohnort von Daniel Reiffert, der auch nicht mehr unter den Gästen anwesend war.

»Der ist auf Arbeit«, sagte seine Frau, als Lisa nach

ihm fragte. »Spedition Huber in Hennef«.

»Danke«, war Lisas kurze Antwort. Sie drehte sich um, ging zum Auto und fuhr nach Hennef.

»Ah, - Sie kommen wohl wegen unserem Multimillionär? diesem Arsch« wurde Lisa empfangen, als sie das Büro des Chefs betrat und ihren Dienstausweis zeigte.

»Entschuldigung, - Herr Kaarst ist tot, wie reden Sie über den Mann? «

»Ja, ich weiß, dass er gestern zu Tode gekommen ist. War aber auch abzusehen, bei seinem Persönlichkeitswandel«.

»Wie kann ich das verstehen?« fragte Lisa erstaunt.

»Na ja, er war ein richtig zuverlässiger und fleißiger Mitarbeiter. Fünf Jahre hat er hier gearbeitet und war bei all seinen Kollegen beliebt. Selbst als er den Jackpot geknackt hatte und hier kündigte, war er immer noch der Alte. Er kam hier schon mal nach Feierabend vorbei, brachte 'nen Kasten Bier mit oder zwei, trank mit uns und erzählte von seinem neuen Leben«.

»Und wieso reden Sie jetzt so schlecht von ihm? «

»Als er dann mit seiner Banktussi zusammenkam, wollte die auf einmal nicht mehr, dass er hier "abhängt".

Mit seinen Kumpels, wissen Sie? Wie kann man so charakterlos sein und seine Freunde gegen so eine Frau und deren Dünkel eintauschen? «

»Wie dem auch sei, Herr Huber, ich hätte gerne einen Ihrer Mitarbeiter gesprochen. Herrn Daniel Reiffert«.

»Der Daniel? « Herr Hubert lachte, dass sein dicker Bauch auf und ab wippte, »wird der jetzt verdächtigt den Oliver Kaarst umgebracht zu haben? « Wieder fing er herzhaft und lang anhaltend zu lachen. »Die waren doch wie beste Freunde. Die waren immer, auch nach Feierabend zusammen. Ich glaube, der war sogar gestern auf der Feier eingeladen. Moment, ich schau mal, was für eine Tour er heute hat«.

Nach zwei Minuten kam er wieder ins Büro.

»Da draußen kommt er gerade auf den Hof gefahren. Er hatte wohl nur hier in Hennef zwei Auslieferungen. Soll ich ihn rein rufen? «

»Nein Danke«, entgegnete Lisa, diesmal ohne Augenzwinkern, »ich gehe ihm entgegen«.

Lisa war froh, als sie die Tür des Büros geschlossen hatte und auf den Hof trat.

»So ein Scheusal«, dachte sie.

Die Befragung des Herrn Reiffert ergab, dass er gar

nicht auf der Hochzeit war. Oliver Kaarst hatte ihn zwar mehrfach und intensiv darum gebeten, auch zur Hochzeit zu kommen. Er würde Oliver, bei all den Fremden unterstützend zur Seite stehen. Aber er hätte sich dann doch nicht die Blöße geben wollen, unangenehm bei all den "oberen Zehntausend" aufzufallen. Er war mit seiner Mutter im Kölner Zoo, bei den Elefanten. Seine Mutter sei nicht mehr die Jüngste und wollte unbedingt nochmal dahin.

»Wenn ich ein Alibi brauche, so wird sie Ihnen das bestimmt gerne bestätigen. Sie wohnt nur zwei Straßen von hier entfernt, in der Hanftalstraße 77«.

»Danke, Herr Reiffert, ich glaube das wird vorerst nicht nötig sein. Wenn sich noch Fragen ergeben, wissen wir ja, wo wir Sie oder Ihre Mutter antreffen. Ich wünsche Ihnen noch einen schönen Tag«.

Lisa reichte ihm die Hand, ging zum Auto und fuhr nun die wenigen Kilometer über Stoßdorf und Buisdorf nach Sankt Augustin. Dort wollte sie nun Robert und Peter bei deren Befragungen unterstützen. Im Auto allerdings kam ihr der Gedanke, dass sie doch schnell bei der Mutter vorbeifahren könne. Jetzt, wo sie gerade hier war und die Mutter ganz in der Nähe wohnen solle, würde sich dies anbieten. Nach mehrmaligem Klingeln öffnete eine ältere, weißhaarige Dame, die sich mühsam mit einem Rollator fortbewegte.

»Guten Tag«, sagte Lisa etwas lauter als gewöhnlich, »ich heiße Lisa Drollig, von der Kriminalpolizei Siegburg«, sie hielt ihren Dienstausweis vor das Gesicht der Dame, »sind Sie Frau Reiffert? «

»Meine Tochter ist nicht da und mein Mann kommt erst später von der Arbeit«, sagte die Dame.

»Frau Reiffert, waren Sie am Sonntag mit Ihrem Sohn im Zoo? «

»Sohn? Ich hab doch gar keinen Sohn, nur eine Tochter«

Lisa wurde stutzig, war das hier nicht die angegebene Adresse?

»Frau Reiffert«, wiederholte Lisa ihre Frage, nur etwas lauter als eben, »kennen Sie den Daniel Reiffert? «

»Der Daniel? Ja dat is mein Sohn, wat is mit dem. Wann kütt der mich denn widder besuchen? «

»Frau Reiffert, - waren Sie am Sonntag mit Ihrem Sohn im Kölner Zoo, bei den Elefanten? «

»Ich liebe Elefanten«, antwortete die Dame, »wann darf ich die nochmal sehen? «

»Frau Reiffert, bestimmt fährt Ihr Sohn oder Ihre Tochter bald mit Ihnen nochmal dahin«.

»Tochter? Ich hab doch gar keine Tochter. Mein Mann der kommt gleich von der Arbeit«.

»Oh je«, dachte Lisa, »die arme alte Dame hat wahrscheinlich Demenz«.

»Frau Reiffert, ich komme dann später nochmal wieder«. Lisa reichte der Frau die Hand und drehte sich zum Gehen um.

»Aber wo sind denn die Zeitungen? «, rief die Frau Lisa hinterher.

»Welche Zeitungen? « wollte Lisa wissen.

»Die Zeitungen, die Sie mir gerade verkaufen wollten«.

»Frau Reiffert, die bring ich nächstes Mal mit«, log Lisa. Sie drehte sich noch einmal um, als sie beim Auto war und winkte der Dame zu, die immer noch mit dem Rollator in der Türe stand.

Als sie durch Buisdorf fuhr, dachte Lisa an ihre Chefin. Thekla wollte sich ja noch einmal mit der Witwe, die hier in Buisdorf wohnte, darüber unterhalten was wohl die Befragung der Nachbarschaft, über den Lebenswandel der Kaarst's ergeben würde?

Bevor Thekla sich mit Frau Kaarst über weitere Begebenheiten des gestrigen Tages und der Vergangenheit unterhalten wollte, zog es Thekla tatsächlich vor, sich in der Nachbarschaft des Wohnviertels umzuhören. Hier bekam sie als Konsens zu hören, dass sich die Mehrheit der in diesem Wohngebiet lebenden, über die Dreistigkeit der Kaarst's, ärgerte.

»Zuerst hat sich die Dame, die da drüben in der Bank als Sachbearbeiterin gearbeitet hatte, diesen Millionär geangelt, um nicht zu sagen "an den Hals geschmissen", und dann hat sie auch noch so lange insistiert, bis die drei Grundstücke am Ende der Anliegerstraße, als Einheit verkauft wurden. So konnte die Dame sich dann diesen "Protzbau" dahinstellen. Wir haben hier schon manchen Ärger gehabt, wenn alle paar Monate hier alles voller Autos stand und keiner von den Anwohnern mehr parken konnte«.

»Alles voller Autos stand? « wollte Thekla genauer wissen.

»Ja, - die machen doch alle paar Monate so ein großes Zusammenkommen. Da steht hier Jaguar an Mercedes und Porsche an Lamborghini oder wie die alle heißen? «

»Und was machen die dann da? « wollte Thekla wissen.

»Keine Ahnung, - nur haben wir schon ein paarmal beobachtet, dass einige junge Frauen in verschiedenen Taxen vorgefahren wurden. Alle bildhübsch und recht jung. Na ja, - mein Mann sagte immer: Das ist nicht der Straßenstrich sondern der Society Service«.

»Das haben Sie beobachtet? «

»Na ja, besser gesagt gesehen«

»oder kann man auch sagen "ausspioniert"? « fragte Thekla provokant, woraufhin die Dame den Kopf in den Nacken legte und hochnäsig in Richtung ihres Gartens davonging.

Thekla ging durch den kunstvoll angelegten Bereich des Vorgartens, den sie auch gestern schon bewunderte. Hier waren Bonsaibäume, im Stil eines japanischen Gartens, um einen künstlichen Wasserlauf angelegt.

Nachdem sie an der Türe geklingelt hatte, machte ihr die Haushälterin die Türe auf.

»Ja bitte?« fragte diese höflich.

»Thekla Sommer, ich war gestern schon mal hier. Ist Frau Kaarst zu sprechen? «

»Einen Moment bitte, ich muss nachfragen«, antwortete die Frau, schon fast unterwürfig.

»Ist schon gut«, hörte man aus dem hinteren Bereich des Wohnzimmers durch die offenstehende zweiteilige Schiebetüre, die als Einlass von der Diele diente. »Die Kommissarin kann durchkommen«.

»Danke sehr«, sagte Thekla, als ihr die Türe weit geöffnet wurde.

Halb sitzend, halb auf der Couch liegend wurde Thekla von der Hausherrin empfangen.

»Uns sind noch einige Fragen eingefallen, die wir Ihnen gestern, so kurz nach dem Trauerfall nicht mehr stellen wollten. Fühlen Sie sich jetzt in der Lage noch einige Angaben zu machen? Sie können ansonsten auch gerne Morgen ins Präsidium kommen«. Thekla wandte diese Taktik gerne an, da sie so meist auf ein Gespräch hoffe konnte. Die Fahrt ins Kommissariat war den meisten zu mühselig und auch zu unangenehm.

»Wenn Sie schon mal da sind…« Thekla wurde der Platz in einem der großen Clubsessel angeboten.

»Frau Kaarst, es steht nun fest, dass Ihrem Mann Zyankali verabreicht wurde. Er muss es während oder kurz nach dem Hochzeitsessen zu sich genommen haben.

Haben Sie etwas Ungewöhnliches gesehen? War jemand bei Ihrem Mann der sich verdächtig verhalten hat? «

»Das kann ich Ihnen nicht sagen. Wir waren alle so ausgelassen und fröhlich - da achtet man nicht darauf, ob ein Mörder gerade sein Unwesen treibt. Nein - mir ist nichts aufgefallen. Ich habe mir das auch schon mehrmals den Tag lang durch den Kopf gehen lassen, aber mir war in keiner Weise etwas komisch vorgekommen«.

»OK, - unsere bisherigen Ermittlungen haben ergeben, dass Frau Jenny Hummel, einer Ihrer ehemaligen Kolleginnen aus der Bank unter den Hochzeitsgästen war. Hatten Sie sie eingeladen? Sie stand nicht auf der Einladungsliste«.

»Die Schlampe stand auf einmal bei uns am Tisch. Keine Ahnung, wer die mitgebracht hat. Wir haben sie jedenfalls nicht eingeladen. Sie hatte uns spöttisch "Alles Gute" gewünscht und meinen Mann dabei so komisch angeschaut und sich obszön über die Lippen geleckt. Auf meine Frage, was das denn jetzt solle, meinte mein Mann nur: "Die hat wahrscheinlich schon zu viel getrunken". Dann lachte er und feierte mit den Gästen am Tisch weiter«.

»Interessant«, meinte Thekla und machte sich einige

Notizen. »Sagen Sie«, fuhr sie fort, »ist eigentlich das Testament gefunden worden? «

»Welches Testament? Ich sagte Ihnen bereits gestern, dass wir an so was noch gar nicht gedacht hatten. Ich bin die Alleinerbin. Macht mich das jetzt etwa verdächtig? «

»Nun regen Sie sich bitte nicht wieder auf. Ich fragte nur, da es unüblich ist, bei einem solch großen Besitz, den Ihr Mann besaß, kein Testament zu machen«.

»Aber es ist auch nicht gesetzlich vorgeschrieben«, keifte Monika Kaarst.

Thekla hatte wohl das richtige Thema erwischt. Wollte sich die Dame ihr ererbtes Vermögen doch auf keinen Fall streitig machen lassen. War die Vermutung der Nachbarin, von vorhin doch richtig? Ging es dieser Frau eigentlich nur um's Geld, als sie Herrn Kaarst's Freundin wurde und den Plan der Heirat, umsetzte?

»Im Zuge unserer Ermittlungen haben wir erfahren, dass Sie alle paar Monate, hier ziemlich große Feste gaben, zu der wohl auch hochrangige Mitbürger feinster Gesellschaft, geladen waren. Können Sie mir dazu etwas sagen? «

»Also, jetzt werden Sie aber zu persönlich«, echauffierte Frau Kaarst sich. »Was wir privat machen, wie wir mit wem feiern, geht sie gar nichts an. Ja es ist richtig, dass man ab einem gewissen gesellschaftlichen Stand, gewisse Feste feiern muss. Ich sagte Ihnen bereits gestern, - "sehen und gesehen werden", ist die Devise«.

»Gewisse Feste? Was meinen Sie damit? Haben da die jungen Damen mit zu tun, die mit unterschiedlichen Taxen hierher kamen? «

Frau Kaarst tat sehr entsetzt, als sie durch den weit geöffneten Mund, Luft einzog.

»Wer hat Ihnen das denn erzählt? Die Schlampe Hummel? «

»Möchten Sie mir sagen, was es mit den Festen auf sich hatte? «

»Nein, - und jetzt gehen Sie bitte wieder. Mir geht es nicht gut«. Demonstrativ legte sie sich zurück gegen die Kissen und hielt sich die Hand gegen die Stirn«.

Thekla stand auf.

»Auf Wiedersehen, Frau Kaarst« sagte Thekla beim Öffnen der Türe: »wahrscheinlich bis bald«.

*

Währenddessen war Sybille Salz in Bonn auf der Oxfordstraße im Büro des Wedding Planers Tim Karr. Seine Assistentin Jessika Wender war noch nicht da. Sie hatte verschlafen und ließ sich entschuldigen.

»Das muss ja ein berauschendes Fest gewesen sein, bei so vielen Gästen? « äußerte Sybille, als sie vor dem Schreibtisch des Herrn Karr Platz nahm, an dem ihr gerade eine Tasse Kaffee eingeschenkt wurde.

»Ja«, sagte Herr Karr, so ein großes Event haben wir nicht so oft. Jedoch kann ich Ihnen versichern, dass es kein leicht verdientes Geld war. Soviel Stress, wie wir mit der Auftraggeberin hatten, ist nicht unbedingt normal. Sie wollte alles arrangiert haben, kümmerte sich aber zugleich um jedes Detail mit. Zuerst gefiel ihr die Tischdekoration nicht, dann wiederum sagte ihr ihre eigene Änderung doch nicht zu und sie schmiss alles wieder auf unsere Planung zurück. Dann sagte ihr das Muster auf dem Besteck des Hotelrestaurant nicht zu und es musste anderes angeschafft werden. Mit der Sitzordnung waren wir bis auf zwei Tage vor dem Fest noch auf Kriegsfuß und zu alledem durfte das Servicepersonal nicht die gewohnte Kleidung, die vom Hotel vorgegeben wurde, tragen, sondern es mussten Servierschürzen getragen werden, die im gleichen Farbton waren, wie die Tischwäsche.«

»Wie bitte?« fragte Sybille erstaunt nach.

»Ja, ich sagte Ihnen schon, - schwerverdientes Geld«.

»Also, mein Mann und ich haben unsere Hochzeit vor einundzwanzig Jahren selber geplant, organisiert und alles arrangiert. Damals gab es noch keine professionellen Hochzeitsplaner oder zumindest, es war nicht bekannt, dass es so jemanden gab. Wenn es nicht indiskret ist, wie teuer ist denn die Planung eines solchen Festes?«

»Nun, Frau Salz, das hängt immer vom Aufwand ab. Wir haben vier Monate Zeit investiert. Zudem hängt es davon ab, wie viele Gäste beim Fest sind und was für die Gäste gebucht werden soll? Sind Hotelübernachtungen notwendig und wie sind die Wünsche hinsichtlich der Lokalität? Im vorliegenden Fall waren die Anforderungen an uns auch deshalb so hoch, da ja sehr viele Gäste aus der "gehobenen Gesellschaft", wie Frau Kaarst es immer ausdrückte, kamen. Wirtschaftsbosse, Finanzexperten, sogar drei Kommunalpolitiker waren dabei, wie Sie sicherlich anhand der Gästeliste gesehen haben?«

»Ja, ja, dass ist uns nicht entgangen. Aber mit welchem Rahmen mussten die Eheleute Kaarst kalkulieren? «

»Also, ob Herr Kaarst da kalkulieren musste, wage ich zu bezweifeln. Da war ja nun doch ein entsprechendes Vermögen. Wer in diesem Stil heiratet, der hat schon auch die entsprechenden finanziellen Mittel«.

In diesem Moment ging die Tür auf und Jessika Wender kam herein.

»Du, entschuldige Tim«, hauchte sie über den Schreibtisch hinweg, der blöde Wecker hat nicht funktioniert. Ich glaube wir hatten Stromausfall letzte Nacht«.

»Ich habe da noch eine Frage«, Sybille Salz stellte ihre Kaffeetasse absichtlich etwas schräg auf die Untertasse, »Sie standen beide nicht auf der Gästeliste, waren aber beide anwesend, ist es normal, dass man als Wedding Planer nicht auf der Liste steht? «

»Aber Frau Salz, es handelt sich doch nicht um eine Anwesenheitsliste, sondern um eine Gästeliste. Wir waren als Dienstleister vor Ort. Wir sind bei so einem Event dafür verantwortlich, dass alles ganz akkurat abläuft und die Planung, bis ins Detail eingehalten wird«, gab Tim Karr zu bedenken.

»Schließlich handelte es sich hier um einen Auftrag in Höhe von zwanzigtausend Euro«, ergänzte Frau Wender, sehr großtönig.

Herr Karr räusperte sich und Frau Wender bemerkte wohl, dass sie die Geschäftszahlen etwas vorlaut ausgeplaudert hatte.

»Ich stelle immer wieder fest, dass ich wohl den falschen Beruf habe«. Lächelnd erhob sich Sybille von ihrem Platz. Sie wurde von Tim Karr zur Türe begleitet und verabschiedet.

»Wir sind bei so einem Event für alles verantwortlich«, machte Sybille den Herrn Karr im Aufzug, bei der Fahrt ins Erdgeschoss, nach. »Aber zu unaufmerksam, um zu sehen, dass meine Tasse schief stand«, dachte sie sich.

Sybille hatte als nächstes Frau Jenny Hummel, eine Ex-Kollegin von Frau Kaarst auf der Liste. Um diese zu befragen, musste sie zurück nach Hennef Buisdorf fahren, dort war die Bank, in der sie tätig war.

»Guten Tag«, begrüßte eine freundliche und scheinbar gut gelaunte Mittdreißigerin Sybille beim Betreten der Schalterhalle.

»Guten Tag, ich möchte gerne zu Frau Jenny Hummel.

Ist das möglich? «

»Tut mir Leid, Frau Hummel hat sich heute Morgen krank gemeldet. Sie ist irgendwie unpässlich«, antwortete die Dame hinter dem Tresen.

»Gut«, antwortete Sybille und zeigte ihren Dienstausweis, »dann hätte ich gerne die Adresse von Frau Hummel«.

»Ich weiß nicht«, meinte die Frau und winkte ihrem Kollegen zu, er möge mal zu ihr kommen.

»Hier ist die Kripo, die Frau will die Adresse von Jenny«.

»Guten Tag, Julian Meistermann, ich bin hier der Filialleiter. Worum geht's denn? «

»Ich würde gerne Frau Hummel, im Rahmen von Ermittlungen, als Zeugin befragen«.

»Ach so, ich dachte hier sei irgendeine Sache mit der Bank. Ja, Jenny wohnt in Siegburg Kaldauen. Da in der Marienstraße, die zum ehemaligen Waldhotel führt. Dort wo früher mal die Sommerrodelbahn war. Wissen Sie? Damals gegründet als Café Christel, wurde dort Anfang der sechziger Jahre das Image erweitert und die Sommerrodelbahn gebaut. Ende der achtziger Jahre war das Anwesen eines der Beliebtesten für Tanztee und gute andalusische Küche gewesen. Im Jahre 2003 haben die Inhaber dann nach fünfzig Jahren, den Betrieb schließen müssen. War schon traurig damals.

»Ich erinnere mich, - bin ja schließlich Siegburgerin«.

»Entschuldigung, dass ich Sie zugetextet habe, aber mein Herz hängt an Kaldauen. Ich bin dort geboren und wohne immer noch da. Aber Veränderungen im Ortsbild sind ja der Lauf der Zeit«.

Sybille nickte und meinte: »Daran sehen wir, dass wir älter werden«. Sybille verließ die Bank.

Als Sybille an der angegebenen Adresse klingelte, öffnete Frau Jenny Hummel mit den Worten: »Nein, ich brauche keine Zeitung und auch keine Versicherung«.

Gerade wollte sie die Türe wieder schließen, als Sybille ihren Ausweis hoch hielt und sagte, »Kriminalpolizei Siegburg. Darf ich Sie kurz sprechen? «.

»Oh, - Entschuldigung. Hier laufen in letzter Zeit wieder solche "Drückerkolonnen" durch die Gegend. Was möchten Sie? «

»Ich komme wegen des Mordes an Herrn Kaarst. Sie waren auch auf der Hochzeit, standen allerdings nicht auf der Gästeliste. Darf ich fragen was Sie dort wollten? «

»Kommen Sie doch bitte rein. Die Nachbarn hier

haben große Ohren und müssen nichts über mein Privatleben erfahren. Gerade wenn die Polizei hier ist«.

In der Diele erzählte Jenny dann, dass sie bis vor einigen Jahren eine gute Freundin von Monika Jungbluth war. Sie hatten nicht nur in der Bank zusammengearbeitet, sondern waren auch privat viel unterwegs. Bis Herr Kaarst dann diesen Lottojackpot geknackt hatte und das Geld auf seinem Konto gutgeschrieben wurde. Monika hatte ihre große Chance gesehen, an viel Geld zu kommen. Sie hatte zwar erzählt, nachdem sie mit Herrn Kaarst einige Male essen war und dann seine Geliebte wurde, dass sie wahrscheinlich wieder Abstand nehmen wolle. Er würde im Bett so verschiedene Praktiken wollen, dass sie sich manchmal nur mit Ekel dazu überwunden hätte. Dennoch hatte sie alles ertragen, nur um an sein Geld zu kommen. Das wollte ich auf der Hochzeit, endlich mal dem Mann die Augen öffnen über seine Frau, die nun endlich erreicht hatte, was sie wollte.

Sybille war sehr verwundert und fragte:

»Haben Sie denn am Anfang nicht mit ihr darüber gesprochen und versucht, Ihrer "guten Freundin" von dem Verhältnis abzuraten. Es hat doch keinen Zweck, sich zu erniedrigen, nur um ein gutes Leben führen zu können«.

»Ich habe mehrmals versucht, mit ihr zu reden, doch sie sagte immer nur, dass würde mich nichts angehen. Sie hat ja auch kurze Zeit später in der Bank gekündigt und den Kontakt zu mir und den anderen abgebrochen. Für mich ist das Prostitution auf hohem Niveau. Ich war stinke sauer auf sie«.

»Und was wollten Sie dann auf der Hochzeit? «

»na ja, meinen ganzen Frust über das Luder rauslassen. Schade, dass sie jetzt wohl das gesamte Vermögen erbt. Somit hat sie erreicht was sie wollte«.

»Danke Frau Hummel, das war's für's erste. Wenn wir noch Fragen haben, werden wir uns bei Ihnen melden. Auf Wiedersehen«.

»Tschüss dann«, verabschiedete sich Jenny Hummel.

Als Sybille wieder im Auto saß, überprüfte sie nochmal, was sie eben in der Eile mitgeschrieben hatte. Dann startete sie ihren Dienstwagen und fuhr, wie es besprochen war, als zusätzliche Kraft, zur Befragung des Servicepersonals ins Restaurant nach Sankt Augustin.

Dort angekommen, saßen Lisa Drollig, Robert Hanf und Peter Ludwig an einem Tisch im Restaurant. Herr Moritz von Lorent, der Geschäftsführer der Nobelresidenz hatte es sich nicht nehmen lassen und die Ermittler zu einem Mittagessen einzuladen. Schließlich waren sie schon einige Stunden damit beschäftigt, das Servicepersonal, einschließlich der Küchencrew, zu befragen. Gerade als Sylvia eintraf, waren die Kollegen dabei, sich den Nachtisch schmecken zu lassen. Lisa wollte ihre Nachspeise nicht und so war Sylvia dankbar, auch etwas abzubekommen. Die Ermittler waren mit ihrer Aufgabe vor Ort fertig. Einzig die vier Angestellten der Arbeitnehmerüberlassung, welche zur Verstärkung am Hochzeitstag geholfen hatten, standen noch auf der Liste.

Robert hatte bereits telefonisch von der Zeitarbeitsfirma, die Information, dass zwei der Mitarbeiterinnen bei einer Firma in Siegburg eingesetzt seien und zwei, Mutter und Tochter, sich heute krankgemeldet hatten.

»Dann fahrt Ihr doch bitte nach Siegburg und ich schau bei den Damen die krank sind, zu Hause vorbei«, meinte Robert.

Im Dienstwagen tippte er "Bornheim Kardorf, Uhlstraße 299" ins Navigationsgerät.

»Nun gut, das noch schnell erledigen, dann ist das Tagewerk vollbracht«, sagte er sich.

So schnell ging es aber doch nicht. Das Navi hatte ihn

auf die Autobahn 565 geführt. Hierbei musste er die Nordbrücke überqueren, auf der sich mal wieder eine Baustelle befand. Genau in dieser Baustelle war ein LKW auf ein Stauende aufgefahren und nun hatte sich der Stau auf fünf Kilometer ausgedehnt. Robert stand im Stau und telefonierte mit Thekla.

»So ein Ärger, gerade noch hatte ich mir ausgemalt, wie wir am späten Nachmittag auf dem Siegburger Markt sitzen und an der Siegessäule, dem „Kriegerdenkmal für die gefallenen Soldaten" aus Siegburg und dem Siegkreis, aus den Kriegen 1866 und 1877, einen schönen Rotwein trinken. Leider scheint daraus nichts zu werden. Ich stehe auf der Nordbrücke im Stau und muss noch nach Kardorf zu einer Befragung. Also, wollte Dich nur informieren«.

»Danke mein Schatz, das mit dem Wein können wir doch immer noch nachholen. Ich muss hier auch noch einiges zusammentragen, ehe wir zu der abendlichen Besprechung zusammenkommen. Vielleicht bist Du dann doch hier. Pass auf Dich auf, ich brauche Dich noch«.

»Ich Dich auch« sagte Robert grinsend und dachte dabei an die schönen Nächte und den herrlichen Sex, den die Beiden hatten.

Er beendete das Gespräch, da es auf der Brücke weiter

vorwärts ging. In Kardorf angekommen fuhr er von der Pappelstraße links in die Lindenstraße ab und wieder links in die Schulstraße. Nach wenigen Metern ging es wieder links in die Uhlstraße. Er überlegte kurz, »Viermal links abgebogen? Das hätte man doch auch anders machen können? « Er hatte recht. Das Navi hatte allerdings den Kreisverkehr, hinter dem er links abgebogen war, noch nicht gespeichert, sonst wäre die ganze Kurverei vereinfacht gewesen. Einmal links abbiegen, hätte genügt. »Wenn man sich auf Technik verlässt«, dachte er und ärgerte sich.

Auf dem Klingelschild stand der Name den er suchte, doch auch nach mehrmaligem Klingeln, öffnete niemand.

Eine Nachbarin, die Robert fragte, ob sie wisse wo die Damen seien, sagte nur,

»die Beiden kenne ich kaum. Sind wohl Mutter und Tochter. Die Tochter ist nach einer gescheiterten Beziehung zu der Mutter gezogen. Sie hat wohl früher irgendwo bei Sankt Augustin gewohnt, ist jetzt aber wieder zur Mutter gezogen. Ich weiß nur, dass die beiden bei irgendeiner Zeitarbeitsfirma als Servicekräfte arbeiten. Mehr kann ich Ihnen leider nicht sagen«.

»Danke«, erwiderte Robert, Sie haben mir schon sehr

geholfen. Dann fahr ich mal wieder. Tschüss«.

Robert stieg ins Auto und telefonierte erneut mit Thekla.

»Wollte Dir nur kurz sagen, dass eine von den beiden Servicekräften, nämlich die Tochter, Dorothea Keil, früher mal in Sankt Augustin gewohnt haben muss. Meine telefonische Anfrage beim Einwohnermeldeamt hat gerade ergeben, sie hatte bis vor drei Monaten mit ihrem Freund in Buisdorf, Rosenweg 4, gewohnt. Ist das nicht dieselbe Straße, wo auch das Mordopfer wohnte? «

»Ja genau, das ist schon verdächtig«, meinte Thekla. »Die Frau müssen wir vorladen. Die ewige Rumfahrerei ist viel zu große Zeitverschwendung. Wir laden die Frau vor. Danke für die Info. Dann kannst Du zur Besprechung ja wahrscheinlich doch hier sein. Bis gleich mein Schatz, ich freue mich«.

Robert fuhr los. Ein Grinsen machte sich in seinem Gesicht breit und sein Herz fühlte sich auf einmal so gut an.

»Die kleine Maus«, dachte er, »so eine brutal berechnende Analytikerin und so präzise in ihren Anweisungen, aber privat so eine liebenswerte und warmherzige Frau. Ich bin so froh, dass wir uns gefunden haben«.

In der abendlichen Fallbesprechung, zu der Robert in letzter Minute ankam, trug Thekla die ermittelten Fakten zusammen, um das weitere Vorgehen, aber auch bereits Verdächtige, zu erarbeiten. Die der SOKO Hochzeit zugeteilten Kollegen anderer Fachabteilungen hatten bisher bei den befragten Hochzeitsgästen nichts Verwertbares ermitteln können. Es handelte sich meistenteils um gutsituierte Bürger, Geschäftsleute, Firmenbosse und auch Kommunalpolitiker, die weiter nichts verband, außer dass ihnen Ansehen und Wertigkeit näher standen, als das Ableben ihres Gastgebers. Einzig, sie erzählten etwas verhohlen, über monatlich stattfindende Treffen von etwa ein bis zwei Dutzend Männern, teils mit Ehefrauen, die wechselseitig immer bei einem anderen als Gastgeber, stattfanden. Was das für Treffen genau waren, - dazu wollte sich keiner detailliert äußern. Es hieß immer nur, man hätte sich immer in den Kreisen gehobener Gesellschaft, zu einem netten Beisammensein in privater Atmosphäre getroffen. Was genau, dass heißen sollte, dazu wollte niemand genau etwas sagen.

»Vielleicht hat das mit einem möglichen Motiv zu tun. Das sollten wir in jedem Fall im Auge behalten und mögliche Verknüpfungspunkte zu anderen gewonnenen Erkenntnissen in Betracht ziehen«, sagte Thekla. »Des Weiteren ist folgendes festzuhalten«.

Sie stellte sich vor das Whiteboard, auf dem bereits vom Vortag einige Namen und Verbindungslinien, zu sehen waren.

»Bei den Befragungen des Service- und Küchenpersonals, gaben alle an, die Brautleute nicht gekannt zu haben. Daher konnten keinerlei Verbindungspunkte und somit kein Motiv ermittelt werden. Da zu vermuten ist, dass sich das Gift in einer der "Petit Fours", das waren Leckereien aus Marzipan, die zum "Café Gourmand" gereicht wurden, befand, die für die Brautleute speziell angefertigt wurden, konnte sich keine der anwesenden Servicekräfte erinnern, diese serviert zu haben. Es müsste wohl eine der vier Aushilfskellnerinnen gewesen sein. Hier ist sehr auffällig, ermittelte Robert, dass sich am heutigen Morgen zwei der Damen, Mutter und Tochter, krankgemeldet hatten. Genau diese zwei waren aber nicht zu Hause angetroffen worden. Eine Nachbarin erzählte, dass eine der Frauen erst kurz bei der Mutter lebe und vor kurzem aus Buisdorf dorthin gezogen sei. Sie wohnte vorher in der gleichen Straße, wie das Mordopfer. Es liegt nahe, dass sie sich gekannt haben müssen«.

Robert bestätigte dies kopfnickend und fügte hinzu: »Sie hatte dort mit hirem Freund gewohnt. Nach der Trennung ist sie wieder zu ihrer Mutter gezogen. Ob der Freund noch dort wohnt, muss noch ermittelt werden«.

Thekla schrieb den Namen "Dorothea Keil" auf das Whiteboard, mit dem Vermerk "mögliche Bekanntschaft?" und einer Verbindungslinie, hin zu dem Mordopfer.

»Weiterhin hat sich ergeben, dass eine Frau, die nicht auf der Hochzeit eingeladen war, aber dennoch anwesend war, Frau Jenny Hummel war, eine ehemalige Arbeitskollegin und gute Freundin von Frau Kaarst. Sie hatte sehr schlecht über Frau Kaarst gesprochen. Sie hätte nur geheiratet, um an das Geld des Mannes zu gelangen, meinte sie. Nur widerwillig hätte sie damals die Beziehung begonnen und sich anfangs sogar vor dem Mann geekelt. Hier ist also ein mögliches Motiv der Ehefrau zu sehen. Zumal die Frau bei meinem heutigen Besuch, keinesfalls den Eindruck erweckte, dass sie trauere. Vielmehr scheint sie ihren alleinigen Erbanspruch reichlich auszukosten. Man sollte nicht außer Acht lassen, dass die Statistik zeigt, Mord aus Habgier ist eines der sehr hoch angesiedelten Motive«.

Thekla schrieb den Namen "Monika Kaarst" neben den von Dorothea Keil. Sie zog eine Linie zwischen ihr und dem Opfer, mit der Bemerkung "Habgier?"

»Kommen wir zu Daniel Reiffert. Lisa hat herausgefunden, dass sein angegebenes Alibi auf ganz wackligen Beinen steht. Er hatte angegeben, dass er mit der Mutter im Kölner Zoo war, weil er das versnobte Gehabe der ebenfalls eingeladenen Hochzeitsgäste nicht ertragen hätte. Nun ist es aber so, dass die Mutter unter Demenz zu leiden schien und das Alibi eigentlich nicht glaubhaft bestätigen konnte, sollte Herr Reiffert die Eintrittskarten nicht aufgehoben haben und vorzeigen können. Es kann also nicht ausgeschlossen werden, dass er als geladener Gast auf der Hochzeit war, allerdings vor der polizeilichen Personalienaufnahme, die Feier vorzeitig verlassen hatte. Somit müssen wir ihn erst mal mit in den Kreis der Verdächtigen aufnehmen. Er war als guter Freund sicherlich auch öfter Gast im Hause Kaarst. Welche Verbindung eventuell zwischen ihm und der

Witwe besteht, müssen wir eruieren«.

Thekla schrieb seinen Namen ebenfalls zu den bereits vorhandenen, mit der Bemerkung "Beziehung zur Witwe?" Auch hier wurde eine Verbindungslinie gezogen, diesmal aber sowohl zum Toten, als auch zu Frau Kaarst. Hier wurde als mögliches Motiv "Eifersucht" gekoppelt mit "Habgier" notiert.

»Wir müssen uns unbedingt Gedanken darüber machen, wie wir herausbekommen, welchen Zweck die monatlichen Treffen unter einem kleinen aber auch sehr elitären Kreis der Hochzeitsgesellschaft, verfolgten. Ging es hier um den sogenannten "kölschen Klüngel", der hier im Rheinland so gerne betrieben wird? Ging es dabei vielleicht um zwielichtige Geschäfte, an denen so manch ein hochrangiges Mitglied der Gesellschaft, partizipieren möchte? Oder hatte das ganze möglicherweise amüsanten und frivolen Hintergrund? Weiterhin müssen wir dringend mit Mutter und Tochter Keil sprechen. Wie wird sich eine mögliche Bekanntschaft zwischen Dorothea Keil und dem Mordopfer, darstellen? Lasst uns darüber bis morgen Gedanken machen. Alles Weitere dann bitte Morgen früh, hier im Büro. Ich würde vorschlagen, dass wir uns gegen halb neun hier treffen«.

Thekla legte ihre Aufzeichnungen zur Seite. Die Anwesenden erhoben sich und verließen den Raum. Als Thekla das Licht löschte, kam Fred Bollenkamp.

»Und«, fragte er, »was gibt es für Ergebnisse? «

»Fred, sobald wir einen Verdächtigen haben und einen Haftbefehl oder einen Durchsuchungsbeschluss brauchen, wirst Du der erste sein, der es erfährt«.

Theklas Vorgesetzter senkte den Kopf und mit einem »So soll es sein, - immer den Dienstweg beachten«, ging er zurück in sein Büro.

Robert erwartete Thekla bereits an ihrem grünen Twingo.

»So mein Schatz«, sagte er, »war ein harter Tag. Ich freue mich schon auf's Bett.

»Ich mich auch«, lächelte Thekla ihn augenzwinkernd an, wobei sie sich lasziv über die Lippen leckte.

Robert nahm dies wohlwollend zur Kenntnis. So müde war er dann wohl doch nicht.

Nach knapp zehn Minuten Autofahrt, kamen sie zu Hause in Siegburg Stallberg, in der Straße "Am Stallberg", an. Vor der Türe stand der Roller von David.

»Oh, - muss ich wieder zu meinen Freunden, knobeln«,

scherzte Robert.

»Lass uns erst einmal sehen, was los ist. Wo ist er denn? « Thekla schaute die Straße auf und ab, als sie ausgestiegen waren und zur Haustüre gingen.

»Wird schon wiederkommen«, meinte Robert, als sie ins Haus gingen.

Robert drängte Thekla ins Wohnzimmer und fiel mit heißen Küssen über sie her.

»Moment«, drängte sie ihn zurück, »nicht so schnell. Lass uns erst mal die Terrassentüre öffnen, damit ein wenig gelüftet wird«.

Robert ging zur Couch und zog sich das Hemd aus. Als er die Gürtelschlaufe öffnete, hörte er Thekla sagen:

»Na Ihr zwei, wie kommt Ihr denn hier rein? Seid Ihr von hinten am Gartentor rein? Richtig so, Ihr seid ja hier zuhause«.

»Wir wollten nicht stören«, sagte Jana und David fügte hinzu, »aber wir wollten doch mal nach Euch sehen und etwas gemütlich zusammen sitzen«.

David stand auf und nahm seine Mutter in den Arm, was sie sehr verwunderte, denn das tat er nur sehr selten.

»Alles wieder OK, Du hattest recht«, flüsterte er ihr ins Ohr.

Sie schaute ihn mit großen Augen und einem herzlichen Lächeln an. Er nickte nur.

»Das ist aber wirklich nett von Euch und eine ganz tolle Idee, - aber gerade heute haben wir einen sehr anstrengenden Tag hinter uns und der morgige wird wahrscheinlich genauso anstrengend.

»Das sieht man«, David schaute schmunzelnd auf den mit bloßem Oberkörper im Wohnzimmer stehenden Robert. Zu Jana blickend sagte er »Bullenhaushalt halt, die haben immer unregelmäßige Zeiten«. Lächelnd nahm er Jana an die Hand und mit einem »Bis bald«, verließen beide, diesmal durch die Vordertüre, das Haus.

Thekla fiel ein Stein vom Herzen.

»Es tut so gut, mein Kind wieder glücklich zu sehen«, sagte sie zu Robert.

»Ach Thekla, - wir haben doch auch oft Liebeskummer gehabt, - wir wissen beide, dass es zum Reifungsprozess dazugehört«.

»Sicherlich weiß ich das, jedoch das eigene Kind leiden zu sehen, tut immer weh«.

Robert schüttelte schweigend den Kopf und ging langsam die Treppe nach oben ins Schlafzimmer. Er ahnte, Thekla war jetzt nicht mehr in der Stimmung, den angedeuteten Liebesabend fortzusetzen. Aber er irrte sich. Thekla schien in dieser Nacht, zumindest in der ersten Nachthälfte, wie besessen. Es war, als würde ein Orkan durch das breite Ehebett fegen.

Alle waren pünktlich zur vereinbarten Zeit im Präsidium. Auch Thekla und Robert hatten sich irgendwie aus dem Bett gekämpft und es unter die erfrischende Dusche geschafft. Nach einem Kaffee im Büro waren alle der Meinung, es sei an der Zeit, mit dem Tagewerk zu beginnen. Robert gab zu bedenken, dass, wenn man Frau Dorothea Keil aus Kardorf als erste zu einer Vernehmung ins Präsidium einladen würde, würde bestimmt noch einmal ein Tag vergehen.

»Wir müssen aber unbedingt vorankommen. Je länger ein Mord zurückliegt, desto mehr Spuren können unentdeckt bleiben oder gar verloren gehen«, meinte Lisa, »das ist uns so in der Polizeischule immer wieder gelehrt worden«.

»Da hast Du vollkommen recht«, sagte Peter Ludwig, der Kollege der sich sonst meist bedeckt im Hintergrund hielt, »statistisch gesehen. liegt die Aufklärungsquote bei Mord, wesentlich höher, je weniger Zeit vergangen ist«.

»Und praktisch gesehen? «, fragte Lisa nach.

»Praktisch gesehen auch«, mischte sich Sybille Salz ein, »die Statistik stammt ja aus praktischen Werten«.

»Ihr habt recht«, warf Thekla ein, »also Robert, fahr nochmal zu der Adresse, an der Du gestern warst, aber rufe am besten gleich dort an, damit auch ein Termin gemacht werden kann und Du nicht wieder umsonst die Strecke fährst«.

Robert wählte die Nummer, die ihm gestern von der Telefonauskunft gegeben wurde.

»Lisa,- Du übernimmst heute noch einmal die Befragung in der Nachbarschaft der Kaarsts und auch von der Witwe. Dich kennt sie noch nicht und wenn Du bedacht vorgehst, vielleicht erfährst Du noch wichtige Details zu den ominösen Treffen, verschiedener wohlhabender Leute, im Hause Kaarst.

»Bedacht vorgehen«. Robert hielt sich die Hand vor den Mund, um nicht laut loszulachen. »Die Lisa? « wollte er weitersprechen, doch er hielt sich die Hand erneut vor den Mund und lachte los. Dabei drehte er sich in gebückter Haltung um, damit seiner Gestik noch mehr Bedeutung beigemessen wurde. Alle im Raum fingen nun an zu lachen, aber nicht wegen der Äußerung, sondern wegen der theatralischen Darbietung.

»Seid Ihr jetzt fertig? «, fragte Thekla, etwas ernst geworden. »Lisa macht ihre Sache sehr gut. Wir können froh sein, eine aufstrebende Kollegin mit so viel frischem Esprit, hier zu haben«.

Lisa war total stolz wegen des Lobes.

»Na klar, Thekla, mach ich doch gerne. So lerne ich die Frau auch einmal kennen«, gut gelaunt drehte Lisa sich um und stolzierte in Richtung Türe.

»Sybille und Peter, - Ihr versucht bitte inständig etwas über die Treffen der Gesellschaft herauszufinden. Vielleicht bringen ja Ansatzpunkte aus dem Internet, eine Spur? «

»Ich fahre in der Zeit zu dem verdächtigen guten Freund des Mordopfers, Herrn Daniel Reiffert. Ich fühle ihm nochmal auf den Zahn. Vielleicht muss er ja seine Aussage revidieren? Auch fahre ich zu Frau Jenny Hummel in die Bank. Es wundert mich, warum sie so schlecht über die ehemals gute Freundin gesprochen hat«.

Lisas Handy klingelte, als sie vor dem Präsidium gerade in den Wagen steigen wollte. Eine ihr unbekannte Handynummer klingelte.

»Ja, - Lisa Drollig«

»Guten Tag Frau Drollig, hier Heimert, - Staatanwalt Heimert, - Sie erinnern sich? «

Lisa hatte sofort wieder diesen angenehmen Geruch in der Nase, den sie bei dem Treffen in der Staatsanwaltschaft so genossen hatte.

»Ja klar, Herr Heimert, was kann ich für Sie tun? «

»Nun ja, wie soll ich sagen? Sie hatten mir Ihre Karte gegeben und gesagt, ich solle Sie anrufen, wenn sich etwas ergeben würde «.

»Ja richtig, Herr Heimert, und hat sich etwas Neues ergeben, was zu dem Fall gehört? «

»Nun ja, - wie soll ich sagen? Nicht direkt zum Fall, aber irgendwie zu Ihrer Person«.

»Wie? Zu meiner Person, - ich verstehe nicht? «

»Nun ja, Sie hatten sich so nett von mir verabschiedet und ich habe das Blinzeln in Ihren Augen noch ganz deutlich vor mir. Ich wollte Sie nun einfach mal fragen, ob wir uns auf ein Glas Wein zusammensetzen könnten? Ich meine so, - nach Feierabend? «

Lisa war erstaunt.

»Aber Herr Heimert, Sie sind doch verheiratet«.

»Verstehen Sie mich nun bitte nicht verkehrt, - ich

würde gerne mit Ihnen etwas bereden und Ihnen vielleicht sogar etwas vorstellen, wovon Sie unter Umständen einen großen Gewinn hätten. Ach so, ja, meine Frau weiß natürlich davon. Ich würde niemals etwas tun, wovon meine Frau nichts wüsste«.

Lisa wurde nun doch sehr neugierig. Sie spürte, wie sie heiße, wahrscheinlich auch rote Wangen bekam. Sie willigte ein, zu einem Treffen, bei einem Glas Wein im Bonner Weinbistro "La Cigale", einem mit Wandgemälden und Pariser Jugendstilelementen versehenen Lokal, mit französischer Küche. Man verabredete sich noch am gleichen Abend gegen einundzwanzig Uhr.

»Ich freue mich sehr«, gab der Staatsanwalt zu.

»Ich freue mich auch«, sagte Lisa, mit einem kessen Unterton, »mal sehen was draus wird? «

Lisa drückte den roten Knopf ihres Smartphones und merkte, wie sie wieder errötete.

»Mal sehen was draus wird? Was hatte sie denn da schon wieder gesagt? Wollte sie denn unbedingt kein Fettnäpfchen auslassen? « dachte sie und stieg in den Wagen.

Die Kollegen waren bereits alle unterwegs zu ihren

Vernehmungen.

»Nun aber los, die Pflicht ruft«, sagte Lisa zu sich selber.

Drittes Kapitel

Robert hatte den Rat von Thekla befolgt. Er hatte, als er auf dem Weg nach Kardorf war, die Telefonnummer von Keil, in Kardorf, gewählt.

»Ja bitte«, meldet sich nach einiger Zeit eine verschlafene Stimme.

»Hier Kriminalpolizei Siegburg, - spreche ich mit Dorothea Keil? «, fragte er laut in die Freisprecheinrichtung.

»Nein, hier ist die Mutter, - meine Tochter schläft noch«.

»Um half elf? « fragte Robert verdutzt, als er die Zeit auf der Uhr im Armaturenbrett ablas.

»Ja, - worum geht es denn? «

»Ich war gestern schon mal bei Ihnen. Ich muss Sie und Ihre Tochter dringend sprechen, wegen der Hochzeit, auf der Sie vorgestern ausgeholfen haben. Ich bin auf dem Weg zu Ihnen. Bitte warten Sie und Ihre Tochter auf mich«.

»Wie, - auf dem Weg zu uns? Das geht nicht, Wir sind beide Krank. Meine Tochter hat schon zwei Tage Migräne und ich komme wegen Darmgrippe nicht von der Toilette runter«

»Na gut, wie Sie wollen. Dann ordne ich hiermit an,
dass Sie sich morgen früh, Punkt acht Uhr im
Polizeipräsidium Siegburg einzufinden haben«.

»Sie sagten, Sie seien schon auf dem Weg? Na gut, -
dann kommen Sie halt her, - Wir brauchen aber noch eine
Weile, weil Sie mich gerade aus dem Bett geholt haben«.

»Gute Frau, bei uns rennt die Zeit weg. Ich kann keine
Termine so legen, wie es den Leuten gefällt. Ich bin in
etwa zwanzig Minuten bei Ihnen. Dann hätte ich auch
gerne Ihre Tochter, in angezogenem Zustand, gesprochen.
Danke, - bis gleich«. Er war es leid, sich nach
Verdächtigen richten zu müssen, wenn es ihnen beliebt.
Schließlich ermittelte das Team der Soko Heirat unter
Volldampf. Da musste man härtere Töne anschlagen.

Frau Keil machte sofort die Türe auf, als Robert
klingelte. Die Ansprache hatte anscheinend doch Wirkung
gezeigt. Die Tochter saß am Frühstückstisch, als Robert
die Küche betrat. Die Gardinen waren komplett
aufgezogen und die Sonne erleuchtete den
unaufgeräumten Raum.

»Keine Migräne mehr? « fragte Robert.

»Das geht Sie gar nichts an«, kam die unfreundliche

Antwort von Dorothea.

»Und Sie«, Robert drehte sich zur Mutter um, »nicht mehr auf derToilette, sondern hier Rührei mit Speck und Quark mit Marmelade. Sieht mir nicht nach Durchfall aus«.

»Was wollen Sie von uns? « fragte Dorothea trotzig.

»Sie haben doch sicherlich am Sonntag den Mord im Restaurant mitbekommen, in dem Sie gekellnert haben? «

»Ja und, - was haben wir damit zu tun? «

»Kann es sein, dass Sie den Toten kannten? Schließlich haben Sie auch auf dem Rosenweg gewohnt, - wie er«.

Dorothea zuckte die Schultern. Sie steckte sich eine Gabel Rührei in den Mund und spülte mit Kaffee nach.

»Ja und, - den kannten doch viele. War doch so ein stinkreicher Fuzzy«.

»Und kann es sein, dass Sie dem Brautpaar am Sonntag die Süßspeise zum Kaffee gereicht haben? Die aus Marzipan, - für ihn mit Nougat und für sie mit Konfitüre gefüllt, da Frau Kaarst kein Nugat verträgt«.

»Ja, kann schon sein, dass wir die dahin gestellt haben, warum fragen Sie danach? «

»Nun, wie man herausgefunden hat, ist Herr Kaarst mit Zyankali vergiftet worden, das in der Praline, - also der mit Nugat, gewesen sein muss«.

Beide Frauen saßen sich am Küchentisch gegenüber und schmierten ihre Brötchen. Sie schienen krampfhaft nachzudenken. Auf einmal schaute Dorothea auf. Legte ihr Messer laut auf den Tisch und tat so, als wenn sie erst jetzt verstanden hatte.

»Wollen Sie jetzt damit sagen, meine Mutter und ich hätten den Herrn Kaarst umgebracht, weil er bei mir auf der Straße gewohnt hat? Was soll das denn jetzt? Was erlauben Sie sich. Ich hätte zwar allen Grund dazu gehabt, dieses Schwein zu killen, aber ich hab es nicht getan«.

Robert nahm sich einen Stuhl, setzte sich und fragte die Mutter Keil nach einem Kaffee.

Dorothea fing an zu weinen.

Leise begann sie zu erzählen:

»Ich hab mit Rainer, meinem Exfreund in Buisdorf die Wohnung gemietet, weil wir uns liebten. Dann hat sich ein großer Kunde meiner Zeitarbeitsfirma, eine andere günstigere Firma gesucht, um entsprechendes Personal zu mieten. Wir hatten also auf einmal viel weniger zu tun und bei uns ist es ja so, man wird nur für die Stunden bezahlt, in denen man auch arbeitet. Wir hatten also auf einmal privat viel weniger Geld zu Verfügung. Als dann

Rainer auch noch seinen Job verloren hatte, wussten wir nicht, wie es weiter gehen sollte. Ständig hatten wir Krach. Wir hatten uns gegenseitig angeschrien und Rainer hatte angefangen zu trinken«

»Und da haben Sie den Plan gefasst, Herrn Kaarst umzubringen, weil er so viel Geld besaß und Sie nicht? «

»Nein«, schrie Dorothea. Wir haben jede Woche in den Zeitungen nach neuer Arbeit gesucht. In den Tageszeitungen, im Internet und dem wöchentlichen Blättchen, was umsonst in den Briefkästen steckt. Auf einmal sagte Rainer zu mir, da würde was drin stehen und ob das nicht was für mich sei? Ich nahm die Zeitung und las:

"Begleitagentur sucht für seriösen Nebenverdienst nette junge Damen, zur Unterhaltung und Begleitung solventer Herren in Museen, Konzerten und Messen. Gute Umgangsformen und Allgemeinbildung sind Voraussetzung. Sehr guter Verdienst"

»Ich bin doch keine Nutte«, hatte ich Rainer angeschrien.

»Na, - schau Dir das doch mal an. Da steht doch extra "seriöser Nebenverdienst" und weiter "Begleitung in Museen, Konzerten, Messen" und "Guter Verdienst".

Mensch, das können wir doch jetzt gebrauchen«.

Am nächsten Tag hatte ich bereits nachmittags einen Termin in der Agentur, in Bonn. Eine sehr nette Dame und ein gepflegter Mann empfingen mich. Da ich adrett gekleidet war und mich auch gewählt ausdrücken konnte, bot man mir sofort einen Vertrag an, da ich mit fünfundzwanzig Jahren sehr gut in ihr Portfolio passen würde. Auf meine Frage, was man denn machen müsse und was man verdiene, sagten sie zu mir, es würden Besucher von Firmen oder Kongressen an die Agentur herantreten und nach Begleitung fragen. Begleitung für ein Festbankett, Theaterbesuch, abendlicher Unterhaltung in Hotelbars, oder ähnlichem. Man würde pro Auftrag von der Agentur mit dreihundert Euro entlohnt. Was darüber hinaus mit den Kunden für eventuelle Extras verhandelt würde, das bliebe den Hostessen jeweils selber überlassen. Die Frau flüsterte mir zu, sie habe von Mitarbeiterinnen gehört, die durchaus eintausend Euro pro Abend bekommen hätten. Extras wie spezielle Kleidung oder Taxikosten wären noch obendrauf gekommen«.

»Wie viele Mädchen sind denn da beschäftigt? « wollte Robert wissen.

»Die haben mir vor einem halben Jahr erzählt, sie hätten etwa vierundzwanzig junge Frauen unter Vertrag, - meistens Studentinnen, die in Bonn zur Uni gingen«

»Und Sie haben auch unterschrieben? «

»Na ja, - ich hab an das viele Geld gedacht, was ich dort verdienen könne. Endlich wären wir nicht mehr im Mietrückstand und endlich könnten wir auch mal wieder zu essen kaufen, was wir wollten und nicht das, wofür noch Geld übrig ist«.

»Und, - was hat das jetzt mit dem Herrn Kaarst zu tun?«

»Ja also, es lief immer so ab. Ich bekam von der Agentur einen Anruf, wann und wo ich mich mit einem oder mehreren Herren treffen sollte, um sie zu begleiten. Es waren wirklich Konzert- oder Opernbesuche. Nach kurzer Zeit allerdings wurde ich auch noch in die Hotellobby auf einen Drink eingeladen. Dort steckte man mir dann in einem Umschlag hin und wieder mehrere hundert Euro zu. Alles sehr diskret. Wenn mir der Mann zusagte und ich mir vorstellen konnte, mit ihm Sex zu haben, nickte ich, nahm den Umschlag und folgte auf's Hotelzimmer. Eines Tages jedoch bekam ich einen Anruf von der Agentur, ich solle abends mit dem Taxi an eine bestimmte Adresse nach Düsseldorf fahren. Die Taxikosten für Hin- und Rückfahrt würden bezahlt werden. Ich solle mich auf eine längere Nacht einstellen und das Agenturhonorar würde verdoppelt an mich ausgezahlt. Alles weitere würde, wie immer, über die Kunden direkt abgerechnet. Ach ja, es waren auch noch vier andere Begleiterinnen aus der Agentur geordert. Wir würden uns bestimmt gut verstehen und hätten bestimmt viel Spaß«. Also gut, zuhause badete ich ausgiebig, zog rosafarbene Spitzenunterwäsche an und verbrachte viel Zeit vor dem Spiegel«.

»Und Ihr Freund? « wollte Robert wissen, »hatte der auch wieder Arbeit bekommen? «

»Er sagte, er würde sich sehr bemühen und immer wieder bewerben, - aber er hätte nur Absagen erhalten. Uns ging es ja auch wieder richtig gut. In manchen Wochen brachte ich drei- bis viertausend mit nach Hause. Wohlgemerkt, - in der Woche«.

Robert machte große Augen und fragte erstaunt:

»In der Woche? «

Dorothea lächelte und nickte.

»Also, ich machte mich fertig, rief ein Taxi und ließ mich von Buisdorf zu der angegebenen Adresse nach

Düsseldorf fahren. Der Taxifahrer freute sich über die weite Tour und meinte, ich könne ihn ruhig öfter rufen.

In einem Düsseldorfer Randbezirk angekommen, fuhren wir vor eine riesige Villa, die in barockem Stil erbaut wurde und die sich inmitten eines kleinen Waldes befand. Es standen schon einige edle Autos seitlich vom Haus. Ebenso fuhren gerade zwei Taxen ab, aus denen wunderhübsche Mädchen, wie sich herausstellte, ebenfalls aus der Agentur vermittelt, ausgestiegen waren. Wir gingen in die Halle und wurden von den Gastgebern auf's Herzlichste begrüßt. Insgesamt waren wir zu fünf "Hostessen", wie die Leute uns nannten. Die Gastgeberin bat uns auf Seite, in den angrenzenden kleinen Raum. Dort gab sie uns jeder einen Umschlag mit jeweils zweitausend Euro.

»Wir erwarten absolute Verschwiegenheit von Euch. Es sind namhafte Persönlichkeiten hier und wir haben von Euch allen die Namen und Anschriften von der Agentur mitgeteilt bekommen. Also, wir wollen nach dem Essen, wie wir es auf solchen Treffen immer machen, ein wenig entspannen. Wir wollen alle miteinander Spaß haben. Auch wir Frauen untereinander. Ihr seid gebucht, um den Spaß anzuheizen und Abwechslung in den Abend zu bringen. Habt Ihr verstanden? «

Wir fünf sahen uns gegenseitig an. Wir hatten ja schon alle Abende mit einzelnen Herren in Hotels verbracht, aber hier handelte es sich ja wohl um eine Orgie, und dann auch noch gleichgeschlechtlicher Kontakt erwünscht. Eine nach der anderen nickten wir zustimmend.

»Wird bestimmt nicht so schlimm und spannend obendrein«, meinte eine und die andere sagte, »na ja, und wie ein Frauenkörper aussieht und reagiert, wissen wir ja schließlich auch«.

Die dritte meinte, »also, ich habe zweieinhalbtausend Gründe in der Hand, dafür Spaß zu haben«.

Alle lachten wir in dem kleinen Zimmer und gingen froh gelaunt in ein riesiges Zimmer, in dem nun das Essen serviert wurde, zu dem wir ebenfalls eingeladen waren.

Nach dem Essen, zu dem es auch reichlich alkoholische Getränke vom Feinsten gab, von denen wir "Hostessen"" allerdings nichts trinken durften, da wir "dienstlich" dort waren, gingen alle nach und nach in die obere Etage. Dort befanden sich vier sehr große Schlafzimmer, alle mit zwei Doppelbetten und alle mit einem angrenzenden Badezimmer versehen. Die Gäste verteilten sich in die Räume und jede von uns wurde einem Zimmer zugeteilt. Eine von uns, die Wahl viel auf mich, sollte nacheinander jeweils eins der vier Zimmer aufsuchen um die Wünsche der Gäste zu erfüllen. Die Gäste zogen sich in den Bädern aus, kamen in die Zimmer zurück und vergnügten sich auch untereinander im Wechsel. Es war eine sexuell sehr aufgeheizte Stimmung. In einem Zimmer trieben es die Paare wechselseitig miteinander und die Hostess gab sich dem Treiben der Herren nach deren Wünschen hin. Auch ich tat dem gleich. Im nächsten Zimmer waren drei Frauen mit sich beschäftigt. Lediglich ein Mann war anwesend, der den Frauen lüstern zuschaute. Die Hostess in diesem Zimmer war aufgefordert, dem Mann oral behilflich zu sein. Bei diesen Frauen sollte ich nun auch mitmischen. Zuerst mit Zunge küssen und dann liebkosen. Mich ekelte es und ich fing bereits an zu würgen. Als der Mann dann zu mir kam und ich roch, dass er bereits mit der anderen Hostess intim war, konnte ich es nicht mehr innehalten. Ich übergab mich über die Frau und teilweise auch über den Mann. Das Geschrei in dem Zimmer war riesengroß. Ich huschte ins Bad, wusch mich schnell ab und zog mich an. Die Hausherrin, die mittlerweile bei den Gästen angekommen war, entschuldigte sich wegen des verpatzten Abends. An ein fröhliches Gruppenfeiern hatte nun niemand mehr Lust. Wir Mädels von der Agentur durften alle unser Geld behalten, wurden aber mit zwei gerufenen Taxen wieder nach Bonn geschickt. Unterwegs sagte eine:

»Weißt Du, wer das war, den Du da vollgereiert hast? «

Die dritte im Taxi meinte:

»Das war der Millionär aus Sankt Augustin. Bei dem und seiner Frau war ich auch schon mal auf so einer Feier. Der hat zwar sehr eigenartige sexuelle Wünsche, die ich hier gar nicht sagen möchte, aber die zahlen richtig gut. Ich als Studentin finanziere mir so jedenfalls ein sehr gutes Studentenleben«.

»Was studierst Du denn?« wollte ich von ihr wissen.

»Medizin«, sagte sie, »ich will mal zur Rechtsmedizin«

Ich auf jeden Fall wusste nun, wer der Mann war, bei dem mir das Missgeschick passiert war. Am nächsten Tag hielt ich mich im Auto in der Nähe der neuen Villa, in der Straße in der ich wohnte, auf. Tatsächlich kam genau er und seine Frau aus dem Haus und bestiegen ihr Auto. Geduckt beobachtete ich die beiden, wie sie wegfuhren.

An diesem Vormittag bekam ich dann auch einen Anruf von der Begleitagentur. Sie würden mich aus der Kartei nehmen. Die Beschwerde war wohl zu massiv und andere Gäste der Party würden auch Partys feiern und bei der Agentur buchen. Deshalb könne man sich nicht mehr erlauben, mich zu vermitteln.

»Was sagte denn Ihr Freund zu der ganzen Angelegenheit, als er davon erfuhr?« wollte Robert wissen.

»Der hat ein riesiges Theater gemacht. Wir würden doch schließlich privat das gleiche machen, wie auf den Partys. Wie sollten wir denn jetzt noch zusammenleben, wo doch jetzt das ganze Geld wegblieb. Zwei Tage später wollte er mich an ein Bordell in Siegburg vermitteln. Da hab ich ihm eine runtergehauen, ihn in sein Gemächt getreten und bin ausgezogen, hierhin zurück zu Mama«.

Frau Keil, die die ganze Zeit neben ihrer Tochter am Tisch gesessen hatte, legte ihre Hand auf die Arme ihrer Tochter und sagte:

»Da hast Du vollkommen richtig gehandelt mein Schatz. Gut, dass Du wieder da bist. Wir haben es geschafft, dass Du Deinen Job bei der Zeitarbeitsfirma wieder hast und den Rest schaffen wir gemeinsam auch noch«.

»Also gut«, sagte Robert, der mittlerweile vor einer leeren Tasse saß, »wir werden die Notizen, die ich gemacht habe, auswerten und mit den anderen Erkenntnissen verbinden. Wahrscheinlich müssen Sie dies alles nochmal zu Protokoll geben und unterschreiben«.

Dorothea nickte, den Tränen nahe. Die Mutter nahm sie in den Arm, als die Beiden Robert zur Türe brachten.

Als Robert im Auto saß und sich auf den Weg nach Siegburg machte, dachte er, »Sie hat ein gutes Motiv für den Mord. Schließlich hat sie wegen dem späteren Opfer, ihren Job als Hostess verloren und hinterher ist auch ihre Beziehung in die Brüche gegangen. Nun ja, - da besteht nun nicht unbedingt ein kausaler Zusammenhang, denn diese Beziehung wäre wohl über kurz oder lang sowieso gescheitert. Ich bin gespannt, was Thekla dazu sagt und ob wir Frau Keil nicht in U-Haft nehmen sollten? «

Unterdessen war Thekla am Arbeitsplatz von Herrn Daniel Reiffert. Sie hatte ihn, als er gerade auf seine Auslieferungstour wollte, auf dem Hof der Spedition noch abfangen können.

»Herr Reiffert?«, fragte sie, als sie sich vor den abfahrbereiten LKW stellte und ihren Dienstausweis aus der Tasche holte.

»Hey Tussi, - aus dem Weg, ich muss zum Kunden«, rief er aus dem Führerhaus.

»Sie müssen im Moment nirgendwohin«, sagte Thekla. »Kripo Siegburg, Thekla Sommer, - ich hab' schon mit Ihrem Chef gesprochen. Er weiß Bescheid, dass Sie mit Ihrer Tour später beginnen«.

»Was soll das denn? Gestern war doch auch schon so ein junges Ding da, von Euch. Ich hab doch schon alles gesagt«.

»Sie sagten, dass Sie nicht auf der Hochzeit waren, da Sie mit Ihrer Mutter im Zoo waren. Haben Sie dafür Zeugen?«.

»Wie jetzt, - Zeugen. Meine Mutter kann das doch bezeugen«.

»Herr Reiffert, Ihre Mutter ist, das kann ich auch ohne Psychologie studiert zu haben, sagen, dement. Das wird mir im Zweifel jeder untersuchende Facharzt bestätigen. Ihre Mutter wusste bei einer gestrigen Befragung nichts vom Zoo. Also, nochmal meine Frage, haben Sie einen anderen Zeugen für Ihre Aussage oder zumindest noch die

Eintrittskarten? «

»Nein, habe ich nicht. Uns haben mindestens hundert Leute dort gesehen aber niemand, den ich kenne oder der sich an uns erinnern könnte«.

Herr Reiffert, - dann muss ich Sie offiziell bitten, spätestens Morgen ins Präsidium zu kommen und Ihre Aussage schriftlich niederzulegen und zu unterschreiben«.

»So schnell krieg ich hier aber nicht frei, bedenken Sie, es geht hier um eine Sache, mit der ich definitiv nichts zu tun habe«.

»Ich geh' jetzt nochmal rein und klär dass mit Ihrem Chef. Es wird nichts Nachteiliges für Sie beim Chef gesagt werden. Also, Gute Fahrt und bis Morgen«.

Mürrisch und schlecht gelaunt startete Daniel Reiffert den Lkw und fuhr vom Hof.

Auf dem Rückweg von Hennef nach Siegburg führte Thekla der Weg über Buisdorf. Sie hatte bewusst die Befragung von Herrn Reiffert zuerst durchgeführt, da sie so die Möglichkeit hatte, Herrn Reiffert noch an seiner Arbeitsstelle zu erwischen und zum anderen, da sie so nach ihrer Planung, vor der Mittagspause an der Bank die Befragung von Frau Hummel durchführen konnte. Ihr Plan ging auf. Etwa eine halbe Stunde vor der, an der

Türe ausgewiesenen Mittagspause, betrat Thekla die Schalterhalle. Sie fragte nach dem Filialleiter und wurde zu dessen Zimmer geführt. Sie wartete vor der Türe, bis sie als vermeintliche Kundin, dem Herrn vorgestellt wurde.

»Guten Morgen, kommen Sie bitte herein, was kann ich für Sie tun? Sie sind eine neue Kundin? « schleimte der Mann mit einem aufgesetzten Lachen, welches jedes Kind vor Schreck hätte weglaufen lassen.

Thekla zeigte ihren Dienstausweis.

»Nein, - keine neue Kundin. Es geht um eine Ihrer früheren Mitarbeiterinnen. Frau Monika Jungbluth, jetzt Kaarst. Was können Sie mir zu ihr sagen? Zu ihrem Verhalten gegenüber Kunden und Mitarbeitern? Gab es irgendwelche Auffälligkeiten, die zu Diskrepanzen geführt hätten? «

»Ich verstehe nicht ganz«, nervös lehnte sich der Herr in seinem Stuhl zurück, »nein, - es gab hier niemals Schwierigkeiten mit Frau Kaarst. Sie war eine sehr fleißige und bei allen sehr beliebte Kollegin. Es hat uns hier in der Geschäftsleitung sehr getroffen, als sie gekündigt hatte. Bei so einem Liebesverbund und den finanziellen Mitteln, die sich daraus ergeben hatten,

hatten wir aber alle Verständnis«.

»Wie darf ich das Verstehen? Finanzielle Mittel die sich ergeben hatten? «

»Nun ja, ich weiß gar nicht, ob ich das hier sagen darf, - Sie verstehen? - Bankgeheimnis«.

»Sie dürfen, - oder soll ich erst mit einem richterlichen Beschluss kommen und mit einigen uniformierten Kollegen, die dann vor der Türe und in der Schalterhalle warten? «

»Oh nein, - bitte das nicht. Also, Frau Jungbluth hatte sich vor etwa drei Jahren verspekuliert. Sie durfte es zwar nicht aber sie hat mit ihrem privaten Geld an der Börse spekuliert. Den Tipp zur Investition hatte sie wohl aus dubiosen Kreisen erhalten, jedenfalls war nach kurzem alles Geld weg. Privat, - wie gesagt«.

»Um wie viel ging es denn dabei? «

»Nun ja«, der Mann beugte sich wieder in seinem Stuhl nach vorne und nahm ein Viertel seiner Schreibtischplatte ein. Dann flüsterte er, als sei sein Büro doch nicht so schallisoliert, wie es eigentlich aussah:

»Ihr gesamtes Erspartes, knappe zweihunderttausend Euro«.

»Was«, sagte Thekla nun aber lauter als normal. Sie tat

dabei, als sei sie total erschrocken, »Zweihunderttausend Euro?« Dem Filialleiter war es so peinlich, dass Thekla es so laut gesagt hatte, dass man es unter Umständen in der Schalterhalle gehört haben könnte. Dabei legte er die Hände vor's Gesicht und schüttelte den Kopf. Thekla aber genoss diesen Moment. Schon lange hatte sie sich diesen Augenblick herbeigesehnt. Sie hatte es nämlich mal im Fernsehen in einer Gaunerkomödie gesehen und sich gedacht, dies gerne auch einmal anwenden zu können.

»Da traf es sich ja ganz gut, dass der Herr Kaarst Kunde bei Ihnen war und den Jackpot von zwölf Millionen abräumte. Es traf sich ebenfalls ganz gut, dass sich Frau Jungbluth in den späteren Ehemann verliebte. Ganz selbstlos und es traf sich ebenfalls ganz gut, dass Herr Kaarst das Geld bei Ihrer Bank anlegte. Alles schön arrangiert. Ich möchte nicht sagen "gemauschelt"«.

Der Mann öffnete den Mund, als wolle er Luft holen und danach wieder so eine Floskel herauslassen. Thekla kam ihm jedoch zuvor und fragte:

»Ist Ihre Mitarbeiterin, Frau Hummel, heute wieder im Dienst, gestern war ihr ja wohl nicht gut?«

»Selbstverständlich«, der Mann stand auf und ging eilig zur Tür, »Frau Hummel hatte Sie eben bei mir angemeldet«.

»Frau Hummel? «, rief der Mann, als er die Bürotür geöffnet hatte, »Können Sie bitte mal kommen? Die Frau Kommissarin möchte Sie gerne sprechen«.

»Danke«, sagte Thekla. Sie ging der Dame entgegen, die sie noch einmal mit Handschlag begrüßte.

»Polizei? Nochmal? Ihre Kollegin war doch gestern schon bei mir«.

»Können wir uns hier irgendwo ungestört unterhalten?« fragte Thekla.

Frau Hummel schaute auf ihre Armbanduhr.

»Ich habe in zehn Minuten Pause, dann können wir gerne dahinten an der Sieg entlang, spazieren gehen«.

»Gerne warte ich auf Sie vor dem Eingang, allerdings zum Spazieren habe ich keine Zeit. Es geht darum einen Mord aufzuklären«.

Frau Hummel nickte, holte ihre Jacke und rief ihrer Kollegin zu »Ich bin schon mal in Pause, bis gleich«.

»Sagen Sie«, begann Thekla das Gespräch, als sie langsam die Straße entlang bummelten, um nicht von der Bank aus gesehen zu werden, »ich hörte, Sie waren mit Frau Jungbluth gut befreundet? «

»Ja, das war bevor Herr Kaarst den Lottogewinn

machte. Natürlich habe auch ich mich seinerzeit für Oliver interessiert. Natürlich war auch ich zweimal abends Essen und ja, bevor Sie fragen, auch ich war nach so einem Abend mit ihm, die Nacht über im Hotel. Das wusste Monika. Ich, naiv wie ich war, habe es ihr ja selber erzählt. Sie jedoch hat sich ihm direkt an den Hals geschmissen und eine feste Beziehung forciert. Mit unserer Freundschaft war es dann bald aus. Obwohl er im Bett Praktiken wollte, wovor sie sich ekelte, hat das Geld aber für sie eine größere Rolle gespielt«.

»Welche Praktiken? Wollte er das auch von Ihnen? « Jenny Hummell drehte sich zu Thekla.

»Also wissen Sie, - das geht Sie nun wirklich nichts an«.

»Sie hatten aber schon das Gefühl, dass sich eine Art Rivalität zwischen Ihnen entwickelte«.

»Ich habe sie dafür gehasst, dass er sich für sie entschieden hatte. Genau das wollte ich ihr noch mal verdeutlichen, - vorgestern auf der Hochzeit«.

»Danke, Frau Hummel. Das war's für's Erste. Kommen Sie bitte morgen Vormittag auf's Präsidium und geben Ihre Aussage mit Unterschrift zu Protokoll. Sie waren schließlich auf der Hochzeit, ohne auf der Gästeliste zu stehen und Sie waren eine der Letzten, die Herrn Kaarst lebend gesehen haben«.

»Glauben Sie etwa, ich hätte …? «

»Kommen Sie einfach vorbei und machen Ihre Aussage. Auf Wiedersehen Frau Hummel«.

Thekla drehte sich um und ging zu ihrem grünen Twingo. Auf der Fahrt nach Siegburg dachte sie, ob eine solche Ablehnung und das gleichzeitige Eingestehen, "verloren" zu haben, nach so langer Zeit ein Motiv für einen Mord sein könnte?

Lisa hatte bei ihren Erkundigungen, in dem Viertel Buisdorfs, in denen die Kaarst's ihren Prachtbau errichtet hatten, gemischte Meinungen über die neuen Millionäre gehört. Die einen, die Herrn Kaarst noch aus der Zeit kannten, als er seiner Arbeit als Fahrer in der Spedition nachging, sagten über ihn, er sei immer ein ganz patenter Kerl gewesen, der immer hilfsbereit und stets zu einem Scherz aufgelegt war. Erst der Lottogewinn und vor allem die Bekanntschaft mit der "Banktante", hätte ihn sehr verändert wirken lassen. Er hatte irgendwie die nachbarschaftliche, soziale Kompetenz verloren. Andere meinten, Frau Jungbluth hätte es doch nur darauf abgesehen, den Mann an sich zu binden. Alleine der Plan, dieses Wohnviertel mit seinen kleinen Einfamilienhäusern dermaßen mit dem riesigen Neubau zu verschandeln, wäre doch bestimmt alleine durch sie entstanden. Die Frau hätte doch den Hals nicht voll gekriegt, mit ihrer andauernden Protzerei. Einzig, dass sie jetzt ihren Mann verloren hatte, bedauerten die Anwohner. Aber eher tat es ihnen um Herrn Kaarst leid, statt um die Witwe.

Frau Kaarst öffnete nachdem Lisa zweimal geklingelt hatte, die Haustüre.

»Guten Tag, - ich hätte gerne Frau Kaarst gesprochen, Ist sie zu Hause? «

»Worum geht es? Ich bin Frau Kaarst«.

»Ach so, ich dachte Sie seien die Haushälterin. Mein Name ist Lisa Drollig, Kripo Siegburg«. Lisa holte ihren Dienstausweis aus der Jackentasche.

»Sehe ich aus wie eine Haushälterin? Haben die Jogginganzüge von Glööckler? Meine Haushälterin ist in der oberen Etage und richtet die Schlafzimmer. Ich erwarte heute Gäste. Wieso ist denn die Kripo schon wieder da und wieso schon wieder jemand anderes? «

»Nun ja, Frau Kaarst, zu Ihrer ersten Frage muss ich sagen, Glööckler war auch mal eine Zeit im niedrigpreisigen Segment einer Modekette verfügbar und zur zweiten Frage, meine Kollegen ermitteln ebenfalls, nur in andere Richtungen«.

»Ach, Sie ermitteln bei mir? Sie glauben, ich hätte etwas mit dem Tod meines Mannes zu tun? «

»Nein nein, ich möchte mich ganz einfach mit Ihnen unterhalten, z.B. darüber, was Sie glauben, dass zu einer Vergiftung geführt haben könnte? Ist Ihnen in den letzten Tagen vielleicht etwas eingefallen, was uns weiterhelfen könnte? «

»Kommen Sie bitte erst einmal herein. Wir unterhalten uns gerne im Wohnbereich weiter. Möchten Sie einen Kaffee oder Tee? «

»Das ist wirklich sehr nett, aber ich möchte nichts. Wie wir hörten, nehmen Sie am gesellschaftlichen Leben auch teil, indem Sie gewisse Partys besuchen oder selber geben. Ist das richtig?

»Was heißt hier "gewisse Partys"? Natürlich hat man in höheren Kreisen auch höhere Ansprüche an Unterhaltung und Zerstreuung. Natürlich ist auch jeder, der zu den Kreisen gehört, bemüht immer mehr zu präsentieren und anzubieten, als der andere aber was hat das mit dem Mord an meinem Mann zu tun? «

»Nun, - kann es sein, dass einer Ihrer Partygäste auch einer Ihrer Hochzeitsgäste war? Kann es weiterhin sein, dass irgendeine offene Fehde bestand, die der Gast dann im Rahmen eines berauschenden Festes, zur Rache nutzte? «

»Unmöglich«, die Witwe tat entsetzt. »Unsere Gäste waren alle handverlesen. Natürlich waren auch Gäste unserer Partys bei der Hochzeit aber das sind alles ehrenhafte Leute«.

»Nun gut, Frau Kaarst, das war es für's Erste«. Lisa ging zur Türe, drehte sich aber noch einmal um, »sagen Sie, Sie sagten dass Sie heute Abend Gäste erwarten. Ist das auch wieder so eine Party? «

»Junge Frau, - ich glaube, dass geht Sie nichts an und gehört nicht in den Rahmen Ihrer Befragungen«.

Lisa schloss die Türe hinter sich.

»Vielleicht sollten wir das Haus heute Abend observieren? Vielleicht ist der Mörder unter den Gästen? « dachte sie. Sie wollte das mit Thekla bei der Fallbesprechung bereden.

Viertes Kapitel

Thekla stand am Abend vor dem Whiteboard, dass bereits mit verdächtigen Personen beschrieben war und dessen Verbindungslinien nun neue Fragen aufwarf.

»Lassen wir noch mal zusammenfassen und uns den Verdächtigen zuwenden. Lisa hat herausgefunden, dass trotz des Umstandes, dass Herr Kaarst erst vor zwei Tagen ums Leben kam, heute Abend erneut eine Party im Haus der Witwe stattfinden soll. Dass es sich um eine Zusammenkunft zu Ehren des Verstorbenen handelt, wage ich zu bezweifeln. Das Hausmädchen musste die Schlafzimmer im Obergeschoss herrichten. Lisas Vorschlag ist, das Haus observieren zu lassen. Das kriegen wir beim Bollenkamp nicht durch, dazu fehlen uns die Verdachtsmomente, den Mörder unter den heutigen Gästen zu sehen«.

Das sahen Sybille und Robert genauso, da die Recherchen der Beiden im Internet und den entsprechenden polizeiinternen Dateien nichts ergeben hatten, was auf ein Kapitalverbrechen, einer der Hochzeitsgäste schließen ließ. Lediglich waren Verkehrsdelikte, Steuerhinterziehung,

Insolvenzverschleppung, Körperverletzung und Anzeigen wegen ruhestörenden Lärms von einigen verzeichnet.

»Kommen wir zu meinen Ermittlungsergebnissen. Für morgen Vormittag habe ich Herrn Reiffert und Frau Hummel ins Präsidium bestellt. Beide sollen ihre Aussagen zu Protokoll geben und unterschreiben. Dabei werden wir sie nochmal, selbstverständlich getrennt und zu unterschiedlichen Zeiten, intensiv mit drei Leuten, unter psychischen aber legalen Druck setzen. Wir fahren die Strategie der Befragung durch mehrere Personen, zu immer anderen Themen. Dadurch werden sie vielleicht unvorsichtig und verplappern sich«.

Jeder am Tisch hielt das für eine gute Vorgehensweise. Schon manch einer hatte unter dem Druck einer Dauerbefragung von unterschiedlichen Themen, nicht standhalten können und wollte am Ende nur noch den Druck ablassen, durch Aussage eines Geständnisses.

»Robert hingegen hatte heute eine Begegnung, aus der sich fast ein Geständnis ableiten lassen könnte. Frau Dorothea Keil hatte sich Robert auf seinen leichten verbalen Druck hin, anvertraut und über die letzten Monate ihrer Beziehung und wie sie ihr Geld verdient hatte, gesprochen. Auch Frau Keil ist für morgen zu einer

Aussage, hier im Präsidium, aufgefordert worden. Auch bei ihr werden wir, die eben besprochene intensive Befragung, durchführen. Vielleicht bekommen wir von der psychisch angeschlagenen Frau ein Geständnis. Jedenfalls lasse ich morgen früh sofort vom Ermittlungsrichter prüfen, ob nicht vielleicht sogar ein Haftbefehl beantragt werden kann und in einer Untersuchungshaft gegebenenfalls ein Reuegeständnis erwirkt werden kann«.

Thekla unterbrach ihre Ausführungen, weil Lisa dringend zur Toilette musste und Robert diese Pause nutzte, um schnell ein paar Züge an seiner Zigarette, natürlich unten vor dem Haus, zu machen.

»Na ja«, meinte Thekla, in Abwesenheit der Beiden, »lassen wir es für heute genug sein. Morgen wird ein sehr spannender Tag werden, an dem wir hoffentlich den Fall auflösen werden«.

*

Robert wünschte sich auf der gemeinsamen Heimfahrt mit Thekla, mal wieder selber gemachte Pizza zu essen. Er liebte es, den zwar gekauften aber frischen Fertigteig nach Herzenslust zu belegen. Er belegte seinen Teig mit stets doppelter Menge Thunfisch, Salami, frischen gewürfelte Tomaten, Ananas und Paprikastreifen. Obendrauf noch geriebenen Mozzarella und als Abschluss, Parmesan aus dem Feinkosthandel in Siegburg-Stallberg. So musste das sein, grinste er innerlich.

»Heute bitte nicht, - dann sieht die Küche immer aus, als sei eine Herde Büffel da durchgelaufen«, brachte Thekla als Einwand. Lass uns lieber in Siegburg in der Holzgasse zum Italiener fahren. Du weißt doch, der der dort neu aufgemacht hat. Dort war vorher das Siegburger Kaffeehaus.«

»Der Italiener, der in Bonn schon seit Jahren als der beste Italiener Bonns bekannt ist und nun in der Holzgasse, den Bonner Ruf auch auf die rechte Rheinseite bringen will? «

»Genau der, wir waren zwar bis jetzt noch nicht dort, aber wenn Dir nach Pizza ist, - dann lass uns den mal ausprobieren. Vielleicht macht er auch so ein gutes Vitello Tonnato«.

Das hatte sie im vorletzten Urlaub in Piemont gegessen, dem nordwestlichen Teil der italienischen

Alpen, nicht weit vom Mittelmeer, dessen bekannteste Region der Lago Maggiore ist. Dünn geschnittene, rosa gegarte Kalbsfleischscheiben werden mit einer Thunfischsauce serviert, die die säuerliche Frische von Zitronen mit der Würze von Kapern und Thunfisch vereint. Abgerundet mit gehobeltem Parmesan und frischen, gewürfelten Tomaten.

»Ok, sehr gerne. Ich freue mich schon jetzt auf die Augen des Kellners, wenn ich mir auf die Pizza ein paar Tropfen Maggi träufele«.

»Du und Dein abartiger Geschmack«, schüttelte Thekla den Kopf, »aber, wie sagt man hier im Rheinland, jeder Jeck is anders«.

Grinsend fuhr sie hinter der Farbenfabrik nach links in Richtung Holzgasse und hinter das Parkhaus des Kaufhof. Hier waren am Abend immer einige kostenfreie Parkplätze frei. Es waren nur etwa achtzig Meter bis zum Restaurant, das sie hungrig betraten.

*

Lisa hatte sich, nachdem sie das Polizeipräsidium an der Frankfurter Straße verlassen hatte, noch einen veganen Cappuccino im Café Loyal, in dem sie in letzter Zeit öfter anzutreffen war, gegönnt. Das Café hatte sich darauf spezialisiert, nur vegane Kuchen, Speisen und Getränke anzubieten. Selbst die Nußecken waren vegan und wie Lisa behauptete, eine Wucht. Hier saß sie nun und überlegte, ob sie die Nummer vom Staatsanwalt Heimert wählen solle, um das vereinbarte Treffen mit ihm abzusagen. Aber warum sollte sie, überlegte Sie weiter. Ein tolles Essen und ein schöner Wein, in einem französischen Bistro, wann würde sie wohl das nächste Mal dorthin eingeladen? Und dann ist ja auch seine Frau dabei. Er wird mich ja nicht in ihrem Beisein flachlegen wollen. Lisa schmunzelte vor sich hin und war aber auch ein wenig geknickt. »Warum eigentlich nicht? Er sieht doch nun wirklich so aus, wie Frauen es sich wünschen und dazu trägt er auch noch dieses unwiderstehliche Eau de Toilette«.

Das Handy klingelte.

»Lisa Drollig«, sagte sie, nachdem sie das Gespräch angenommen hatte.

»Hallo Frau Drollig, - Heimert hier, ich wollte mich nur versichern, dass es bei unserem Treffen bleibt? Meine Frau freut sich auch schon.«

»Aber natürlich, ich steige gleich hier in die Straßenbahn und komme nach Bonn. Ich bin nämlich schon am Bahnhof und bereits auf dem Weg zu Ihnen«.

»Sehr schön, - wir freuen uns auf Sie und den schönen Abend«

»Was er damit nur meinte? «, dachte Lisa, als das Gespräch beendet war, »... und den schönen Abend? «

Vierzig Minuten später betrat sie das Restaurant in der Bonner Friedrichstraße. Gedämpftes Licht und ein gut besuchter Gastraum empfing sie. Auf den Tischen brannten Kerzen. Da sah sie Herrn Heimert und seine Gattin. Sie hatte sich besonders hübsch gemacht und ein hellblaues, tief ausgeschnittenes Kleid angezogen. Nach einem sehr feinen Essen wurde ein ebenso guter Wein gereicht, den die beiden wahrscheinlich nicht zum ersten Mal tranken, da sie ohne die Karte zu sehen, sofort diesen Wein bestellten.

»Nun, Frau Drollig, warum wir uns jetzt hier mit Ihnen treffen ist folgendes, meine Frau hat schon seit langem einen ganz besonderen Wunsch. Dazu ist es aber zwingend erforderlich, dass es sich um eine Frau handeln soll, zu der meine Frau im Vorfeld absolutes Vertrauen aufbauen wollte«.

Frau Heimert bückte sich nach links, um aus ihrer Tasche ein Tempo zu holen. Dabei klaffte der weite Ausschnitt so auseinander, dass Lisa auf zwei kleine, wohlgeformte Brüste schauen konnte. Lisa dachte sofort daran, was die Hostessen ausgesagt hatten, die auf den angeblichen Festen auch den Frauen dienlich sein mussten. Sie wollte Herrn Heimert ins Wort fallen und ihn daran erinnern, dass sie auch beruflich des Öfteren miteinander zu tun haben könnten, da er Staatsanwalt und sie Kriminalbeamtin sei. Da sie aber nicht unhöflich sein wollte, ließ sie ihn zuerst zu Ende reden.

»Also«, setzte er seinen Satz fort, nachdem sich seine Frau die Nase geputzt hatte, »uns ist daran gelegen, dass eine junge, verschwiegene Vertrauensperson uns an verschiedenen Abenden schon mal aushilft. Verstehen Sie uns nicht verkehrt aber meine Frau möchte nun, da unsere Tochter schon ein halbes Jahr alt ist, hin und wieder ins Theater oder in die Oper. Meine Frau möchte aber auf keinen Fall die Kleine irgendjemandem anvertrauen, sondern nur einer absolut zuverlässigen Vertrauensperson. Deshalb wollte sie auch zuerst dieses gemeinsame Essen. Was sagen Sie dazu? Würden Sie ab und an, natürlich gegen eine gute Kostenerstattung, bei uns zu Hause auf unsere Tochter aufpassen? «

Lisa fiel ein mächtiger Stein vom Herzen. Sie strahlte über's ganze Gesicht, obwohl sie glaubte, ihre Wangen glühten vom Wein.

»Aber natürlich«, sagte sie überglücklich darüber, kein unmoralisches Angebot bekommen zu haben, werde ich sehr gerne sogar, mich um Ihre kleine Maus kümmern und aufpassen. Wann immer Sie wollen«.

Die beiden Eheleute schauten sich glücklich an und prosteten sich gegenseitig und auch Lisa zu, als sie die Gläser erhoben.

»Entschuldigung«, sagte Lisa, »es ist spät geworden und ich habe noch etwa vierzig Minuten bis nach Siegburg und dann noch zu Fuß nach Hause. Darf ich mich für die nette Einladung und das gute Essen bedanken. Ich würde mich gerne verabschieden? «

»Kommt nicht in Frage«, sagte Frau Heimert, »selbstverständlich fahren wir Sie nach Hause. Dann sind Sie bereits in zwanzig Minuten in Ihrem Bett«.

Herr Heimert ließ sich die Rechnung bringen, zahlte mit seiner American Express und alle stiegen in das, in der Nähe stehende, Auto.

*

Der Tag, an dem der Mord an Herrn Kaarst aufgeklärt werden würde, war gekommen. Das glaubten zumindest die Kriminalbeamten der Soko Hochzeit, die bereits alle im Präsidium auf die Vernehmung der geladenen Verdächtigen, warteten. Als erstes kam Herr Daniel Reiffert, der Exkollege des Mordopfers. Freudestrahlend und lachend kam er zur Türe herein, mit einem Brief in der Hand.

»Schauen Sie was ich heute Morgen bereits in der Post gefunden habe? Ich wollte eigentlich nur den Briefträger abwarten, da ich den neuesten Krimi von Kersten Wächtler bestellt hatte und glaubte, dieser würde heute zugestellt. Aber etwas viel besseres habe ich bekommen. Ich hatte es bei den Verdächtigungen und dem Stress, den ich damit hatte, völlig vergessen. Am Eingang vom Kölner Zoo stehen doch immer Leute, die professionell Fotos von den Besuchern machen. Wer am Ende des Zoobesuches möchte, kann dann ein schönes Erinnerungsbild von sich und der Begleitung, käuflich erwerben. Leider hatte ich nicht mehr genug Geld dabei. Zur Erinnerung wollte ich meiner Mutter ein A4 großes

Bild, mit farbigem Passepartout, schenken. Man bot mir an, das Foto als Nachnahmesendung nach Hause zu schicken. Schauen Sie mal hier, was ich Ihnen mitgebracht habe«.

Das Bild war mit Datum, Uhrzeit und Firmenlogo des Fotografen versehen. Zu sehen waren Herr Reiffert und seine Mutter, beide glückselig lachend. Somit schied Herr Reiffert als Verdächtiger aus. Auch war seine schriftliche Aussage nun nicht mehr nötig.

»Vielen Dank, dass Sie sich die Mühe gemacht haben und hierhergekommen sind. Sie können gerne wieder gehen«, sagte Thekla.

»Das trifft sich gut«, war die Antwort, »dann schaffe ich es noch zur Arbeit und bekomme den Rest des Tages bezahlt«.

»Auf Wiedersehen Herr Reiffert«, sagte Robert.

»Lieber nicht«. Herr Reiffert schloss die Türe hinter sich.

Gegen Mittag, man hatte sich gerade darauf geeinigt, um die Ecke beim Griechen ein leckeres Gyros Pita mit Joghurtsauce zu holen, um im Dienst nicht nach Knoblauch zu riechen, kam Frau Jenny Hummel.

»Entschuldigung, dass ich erst jetzt komme, aber ich konnte nicht früher. Ich musste erst noch eine dringende Angelegenheit auf meiner Arbeitsstelle erledigen, bevor ich dort sagte, ich müsse mal schnell zum Arzt. Es muss ja keiner von denen mitbekommen, dass ich von Ihnen, hierhin zitiert wurde, um meine Aussage zu unterschreiben«.

»Hierhin zitiert habe ich Sie nicht, Frau Hummel, ich habe Sie lediglich darum gebeten, Ihre Aussage zu Protokoll zu geben und zu unterschreiben«, warf Thekla ein.

»Für mich ist das das Gleiche«, zischte Frau Hummel.

»Da hat sie recht«, flüsterte Sybille, als sie sich grinsend zu Robert umdrehte.

Frau Hummel brachte ihre Aussage zu Protokoll, die Sybille Salz im Computersystem aufnahm. Es waren annähernd die gleichen Worte, die sie auch bei Thekla und einen Tag vorher, bei Sybilles Befragung in Kaldauen, gemacht hatte. Nachdem sie das Protokoll durchgelesen und unterschrieben hatte, fragte sie gelangweilt:

»Kann ich jetzt gehen? «

Thekla zeigte enttäuscht zur Türe.

»Vielen Dank, dass Sie sich die Mühe gemacht haben,

herzukommen«.

Thekla schaute resigniert zu Robert und den anderen.

»Ich habe mir so viel von den Befragungen hier erhofft. Nur eine Möglichkeit haben wir noch. Wo bleibt eigentlich Dorothea Keil? «

»Also«, sagte Robert achselzuckend, »ich habe ihr gesagt, sie solle am Vormittag hierhin kommen«.

Peter Hanf, der die ganze Zeit in einer Ecke saß, weil er sich die einzelnen Personen in Ruhe anschauen und kleinste Regungen notieren sollte, schaute zur Wanduhr und sagte:

»Jetzt sind es gleich halb zwei«.

Thekla wurde es zu bunt.

»Also, wenn sie um zwei Uhr nicht da ist, lass ich sie zur Fahndung ausschreiben. Wer glaubt die denn, wer sie ist? Vielleicht ist sie ja auch schon längst abgehauen, weil sie merkte, dass wir ihr auf der Spur sind? «

Die anderen stimmten zu.

Der Verzehr der mitgebrachten Pitabrote war gerade beendet, als sieben Minuten vor Ablauf der von Thekla gesetzten Frist, die Türe aufging und Dorothea Keil hineinkam. Ziemlich aus der Puste erklärte sie, dass ihr

Auto in Bornheim mit ruckelndem Motor liegengeblieben sei, als sie auf dem Weg zur Autobahn war. Der gerufene ADAC Mitarbeiter meinte, man müsse den Abschleppwagen rufen, da der Schaden vor Ort nicht lokalisierbar sei. Dies wollte Dorothea aber nicht abwarten, da sie den Termin in Siegburg hatte. Der Mann vom ADAC brachte sie zum Bahnhof nach Bornheim. Von dort nahm sie den nächsten Zug nach Bonn um mit der Straßenbahn nach Siegburg weiter zu fahren. Die Straßenbahn hätte aber wegen freilaufender Tiere auf den Gleisen, auf die Polizei warten müssen, bis die Strecke wieder befahrbar war.

»Warum hatten Sie uns nicht angerufen? Es hätte nicht viel gefehlt und Sie wären zur Fahndung ausgeschrieben worden, dann hätte Sie jede Polizeistreife, wenn Sie erkannt worden wären, festnehmen können«

Frau Keil schaute betroffen nach unten und flüsterte: »Akku leer«.

»Nun gut, fangen wir an«, forderte Thekla, die nun Anwesende auf, Platz zu nehmen und die Aussage zu machen.

Die Türe ging noch einmal auf und Sybille Salz kam mit einem Tablett herein. Sie hatte Kaffee für Thekla,

Robert, Frau Keil und sich selbst geholt. Schließlich war geplant, dass dies ein längeres und intensives Verhör werden sollte, das schlussendlich in einem Geständnis enden sollte.

»Nehmen Sie Milch oder Zucker?« fragte Sybille die sichtlich nervöse Verdächtige.

»Gerne«, antwortete diese und rührte die drei Löffel Zucker längere Zeit in dem Kaffee um.

»So, jetzt aber. Frau Keil, wir werden das Gespräch mit Ihrer Genehmigung aufzeichnen und anschließend als Protokoll zu Papier bringen. Sind Sie damit einverstanden?«

Dorothea Keil nickte und begann ihre Aussage. Es wurde ein langer Monolog, in dem sie dass, was sie einen Tag vorher Robert Hanf erzählte, detailgetreu wiederholte. Alle drei Kommissare hörten gespannt und ergriffen dem Erzählten zu, obwohl Dorothea immer wieder unterbrach und ins Taschentuch schluchzte. Am Ende der Ausführungen hatte sich verfestigt, dass sie, Dorothea Keil, als Täterin in Frage kommen würde. Sie hatte ein handfestes Motiv, Ehrverletzung und den Verlust ihrer doch sehr lukrativen Einnahmequelle und sie hatte die Gelegenheit zur Tatausführung. Sie war beauftragt, die kleine Nascherei zum Kaffee, dem Brautpaar zu servieren.

»Frau Keil«, sagte Thekla in ernstem Ton, »nach Sachlage der erbrachten Aussage und einer sich daraus ergebenen kriminalistischen Notwendigkeit, nehme ich Sie hiermit vorläufig fest, unter dem Verdacht, Herrn Oliver Kaarst aus niederen Beweggründen, unter Beibringung von Zyankali in dessen Nachspeise, getötet zu haben. Sie werden innerhalb der nächsten vierundzwanzig Stunden dem Haftrichter vorgeführt. Dieser entscheidet über das weitere Vorgehen in dieser Sache«.

Eine Kollegin der Schutzpolizei wurde aus dem Erdgeschoss des Präsidiums gerufen, um Frau Keil in Arrest zu bringen. Unter Tränen und der Bitte, man möge ihre Mutter informieren, verließ sie den Verhörraum.

»Irgendwie ist mir so flau im Magen. Ich habe so ein Gefühl, als sei sie es nicht gewesen«, sagte Thekla zu den Kollegen.

»Warum hast Du Sie dann festgenommen? « fragte Robert erstaunt.

»Na, ihre Aussage war zwar kein Geständnis, aber sie hat selber alle Indizien erzählt, die eine vorläufige

Festnahme zwingend notwendig machte. Wir haben jetzt noch bis Morgen Mittag Zeit, den wahren Mörder zu finden, um Frau Keil wieder auf freien Fuß setzen zu können. Also los, - je länger ich darüber nachdenke, desto mehr bekomme ich das Gefühl, heute noch jemand anderen festzunehmen. Machen wir uns nochmal an die Arbeit und rekonstruieren den Fall nochmal bis ins Kleinste.

*

Franziska, die zweite Ehefrau von Peter Sommer, dem Vater von Thekla, ermunterte ihren Mann schon zum wiederholten Male, seine Tochter anzurufen.

»Ich merke doch, wie sehr Du Dich danach sehnst, Thekla zu sehen und mit ihr zu reden. So viele Jahre hattet Ihr keinen Kontakt, da ihr Mann, Kind und Arbeit kaum Platz für Familienbande ließ. Jetzt, wo Ihr Euch endlich wieder annähert, ist es doch nur ganz natürlich, dass Du den Wunsch nach Nähe wieder verspürst«.

»Meinst Du wirklich? « fragte er vom Balkon aus, auf den er sich immer zurückzog, wenn er rauchte, »ich will doch nicht stören und aufdringlich erscheinen.

Franziska brachte das Mobilteil des Hausanschlusses nach draußen zu ihrem Mann.

»Komm, mach schon, Du bist ja ganz nervös. Entweder sie sagt zu oder etwas hindert sie momentan daran. Vielleicht steckt sie ja auch wieder in Ermittlungen, wie Du, als Du damals noch im Dienst der Bonner Mordkommission standest«.

»Ach ja«, seufzte er, »da freut man sich auf seine Pensionierung und wenn es dann so weit ist, dann wünscht man, man sei wieder im Dienst«.

Er wählte die Nummer von Thekla's Handy, die gerade unterwegs war, Herrn Moritz von Lorent, dem Betreiber des Hotels, in dem die Hochzeitsfeier stattgefunden hatte, erneut zu befragen. Vielleicht war ihm ja noch eine Beobachtung aufgefallen, die zu einer anderen Ermittlung führen könnte. Thekla sah den Namen >Papa< im Display.

»Hallo Papa, alles in Ordnung bei Euch. Schön Dich am Telefon zu haben. Gerade heute Morgen habe ich mit Robert darüber gesprochen, wenn der jetzige Fall gelöst sei, würden wir gerne mal wieder zu Euch zum Kaffee kommen«, log sie ein wenig, denn sie hatte ein schlechtes Gewissen. Hatte sie doch erst letzten Monat versprochen, sich nun öfter zu melden.

»Oh, dass trifft sich gut, meine Kleine. Ich wollte Euch nämlich für's Wochenende zum Kaffee und Kuchen einladen. Gerade heute Morgen habe ich zu Franziska gesagt, wie sehr ich Dich in letzter Zeit vermisst habe. Seit ich im Ruhestand bin, habe ich sehr viel Zeit zum Nachdenken. Ich habe Franziska eben noch erzählt, dass Du mit fünf oder sechs Jahren immer Schwierigkeiten damit hattest, Dir beim Anziehen zu merken, welcher Schuh an welchen Fuß gehörte. Sehr oft bist Du dann mit vertauschten Schuhen rumgelaufen. Ach ja, - es gibt so viele schöne Episoden mit Kindern, an die man sich später gerne erinnert«.

»Da hast Du wohl recht, Papa, das geht mir auch so mit David. Er ist nun schon ein Teenager von sechzehn Jahren und doch immer noch mein kleiner Junge. Auch ich erinnere mich gerne an Zeiten seiner Kindheit. Aber weißt Du, darüber können wir uns ausführlich am Wochenende unterhalten. Ich bin gerade in Ermittlungen. Wir haben eine Tatverdächtige, aufgrund der Indizienlage, festnehmen müssen. Meine Intuition, Robert sagt immer es sei mein "unruhiger Bauch", drängt mir allerdings auf, dass sie es nicht war. Sehr verzwickte Ermittlung aber keine unmögliche Wahrheitsfindung. Das hast Du mir früher auch immer gesagt«.

»Dass Du Dich daran noch erinnerst, nach all den Jahren. Also mein Schatz, dann bis zum Wochenende«. Er beendete das Gespräch, glücklich darüber, auf seine Frau gehört zu haben. Wie sehr er allerdings Thekla mit dem Gespräch geholfen hatte, wusste weder er, noch Thekla zu diesem Zeitpunkt.

Herr von Lorent war sehr in Hektik, als Thekla ihn ohne vorherige Anmeldung, zu einem weiteren Gespräch aufsuchte. Er war schon wieder in Vorbereitung auf das nächste, bereits am Wochenende stattfindende Event. Eine Aktionärsversammlung mit etwas über einhundert geladener Gäste, hatte er zu organisieren. Leider konnte er keine neuen Hinweise liefern. Er hatte es sich nicht nehmen lassen und selber das Personal im Hause eingehend befragt. Schließlich war ein unaufgeklärter Mord in diesen Räumlichkeiten nicht geschäftsfördernd.

»Bitte tun Sie Ihr Möglichstes um den Täter zu fassen, damit dieses "G'schmäckle" von unserem Haus genommen wird».

»Herr von Lorent, es ist unsere Aufgabe, den Mörder

zu finden, nicht den Ruf Ihres Hauses zu bewahren«.

Thekla verließ mit Wut im Bauch das Gebäude. Ihr Magen knurrte und dennoch fühlte sie dieses komische Bauchgefühl, welches sie oft hatte, wenn es um die Lösung eines Falles ging. Als sie gerade ihren Twingo starten wollte, rief Robert an.

»Sag mal Schatz?« fragte er, in einem Tonfall den Thekla nur allzu gut kannte, wenn er etwas wollte, »ich fahre gerade in Richtung Bonn, durch Sankt Augustin. Hättest Du nicht Lust mich bei der anstehenden Befragung des Wedding Planers, zu begleiten? Wir könnten vorher noch eine Kleinigkeit zusammen essen? «

»Ich bin immer erstaunt, wie gut Du Gedanken lesen kannst«, antwortete seine Liebste, »ich bin mit der Befragung in Sankt Augustin fertig und verspüre mächtig Hunger. Wir können uns vielleicht in Hangelar treffen. Dort gibt es am Ortseingang auf der rechten Seit diese Selbstwaschanlage für Autos. Dort könntest Du gut parken und wir fahren mit meinem Auto nach Bonn. Zum einen ist das CO_2-neutraler und zudem müssen wir nur ein Mal Parkgebühren bezahlen«.

Robert schmunzelte. Er wusste genau, dass ein

Widerspruch keinen Sinn machte. Thekla begab sich nicht so gerne als Beifahrer in die Obhut anderer. Gerade nicht bei Fahrten im Stadtverkehr. Also willigte er ein.

Man hatte sich auf einen schnellen Snack bei >Pizza Hut< verständigt. Von dort war es zu Fuß nicht weit durch die Fußgängerzone bis zur Oxfordstraße, dorthin, wo das Büro der Hochzeitsorganisatoren war.

Ein leises Surren des Türöffners zeigte an, dass jemand im Büro war. Schließlich war man auch hier unangemeldet.

»Guten Tag, die Herrschaften der Kripo Siegburg. Haben Sie noch Fragen? Was können wir für Sie tun? «

»Guten Tag, wir sind noch in den Ermittlungen und wollten gerne von Ihnen wissen, ob Ihnen noch irgendetwas Verdächtiges eingefallen ist, was zur Aufklärung von Bedeutung sein könnte«, erwiderte Robert die Begrüßung.

»Ehrlich gesagt, nein, aber ich habe auch so viel zu tun, dass ich darüber nicht nachgedacht habe«.

Thekla schaute sich im Büro und der angrenzenden Teeküche um.

»Wo ist denn Ihre Angestellte? Die, mit der Sie auf der Hochzeit waren? «

»Sie meinen Jessika? Sie hat gerade Mittagspause«, er schaute auf die Uhr, »müsste aber gleich wieder da sein. Darf ich Ihnen einen Kaffee anbieten? «

Die Ermittler schauten sich an und nickten gleichzeitig.

»Sehr gerne.«

Als Herr Karr aus der Teeküche mit dem frischen Kaffee hereinkam, öffnete sich die Bürotür und Frau Jessika Wender kam aus der Mittagspause. Sie hatte für sich und ihren Chef eine Kleinigkeit zum Kaffee mitgebracht. Kleine Marzipantörtchen, eins mit Zartbitterüberzug und eins mit Vanillefüllung.

»Schön, dass Du an meinen Geschmack gedacht hast und Dir eine andere Leckerei mitgebracht hast«, lächelte Karr seine Assistentin an, »so kann es zu keiner Verwechslung kommen«.

Wie vom Blitz getroffen, kamen Thekla die Worte ihres Vaters von dem eben geführten Telefonat, in den Kopf. Er sagte doch, dass sie früher immer beim Anziehen die Schuhe verwechselt habe. Die Aussage von

Herrn Karr an seine Assistentin brachte nun ganz neues Licht in den Fall.

Gerade wollte sie sich mit Robert in eine Ecke des Büros zurückziehen um ihre Überlegungen mit ihm zu teilen, als ihr Handy klingelte. Sie schaute auf das Display und sagte entschuldigend zu den anderen:

»Entschuldigung, da muss ich dran gehen. Ist mein Chef«.

»Fred, was gibt's Neues«, fragte Alfred Bollenkamp, den alle nur Fred nannten.

»Also, Dorothea Keil hat noch eine Aussage gemacht, die Euch vielleicht weiterhelfen wird. Sie sagte, bei der Hochzeitsfeier hätte sie noch eine junge Frau gesehen, die ebenfalls in der Begleitagentur beschäftigt war, wie sie. Auch sie wäre bei den "Partys" dabei gewesen und auffällig oft, ebenfalls immer von Herrn Kaarst, gebucht worden«.

»Aha«, sprach Thekla, wobei sie sich umdrehte und die im Raum Befindlichen, mit einem Fingerzeig auf sehr wichtige Infos hinwies, »interessant, sprich weiter«.

Thekla hörte noch eine Weile zu, wobei sie immer wieder nickte und zustimmende Laute von sich gab. Ihre

Mine erhellte sich etwas und sie fing an zu schmunzeln, als sie zurück zum Tisch kam.

»Es haben sich neue Hinweise ergeben, die zum Mordgeschehen möglicherweise passen könnten«.

»Neue Hinweise?« fragte Robert erstaunt, »erzähl mal«.

»Damit fange ich gerne an. Mein Bauchgefühl in Bezug auf Frau Keil, hat mich anscheinend mal wieder entschieden richtig gelenkt«.

In diesem Moment ging die Bürotür auf.

»Bitte nicht jetzt«, sagte der Agenturchef.

»Doch, gerade jetzt«, antwortete Lisa Drollig und an Thekla gewandt fügte sie hinzu: »Fred hat mich telefonisch hierhin geschickt, - zur Unterstützung«.

Thekla nickte nur, bevor sie ihre Befragung fortführte.

»Frau Wender, wir haben erfahren, dass Sie neben Ihrer hiesigen Tätigkeit, auch noch für eine Begleitagentur gearbeitet haben. Ist das richtig? «

»Jessika hat auch bei einem, mit mir befreundeten Unternehmen für die Vermittlung von Damen, zwecks Begleitung, gearbeitet. Ich wusste davon, da ich ihr diesen Job besorgt hatte«.

»Herr Karr«, Thekla erhob ihre Stimme und wurde

auch etwas lauter, »ich führe hier eine Befragung durch. Darf ich Sie bitten, im Nebenraum zu warten? Meine Kollegin, Frau Drollig, wird Sie gerne begleiten«.

Widerwillig verließ Herr Karr den Raum.

»Also, Frau Wender, was können Sie uns dazu sagen?«

Jessika Wender senkte den Kopf.

»Der Tim, mein Chef, hatte mir die Adresse der Begleitagentur gegeben, nachdem ich ihm in einem vertraulichen Gespräch einmal erwähnte, dass ich sehr gerne und sehr häufig sexuelle Kontakte pflege und diese auch brauche. Sein sofortiges Interesse daran, hatte mich allerdings sofort gestoppt. Wissen Sie? Mein Grundsatz lautet "No Fuck in the Office"«.

»Und während dieser >Einsätze< sind Sie auch Herrn Kaarst begegnet? Er hatte Sie ja öfters gebucht, wie wir in Erfahrung gebracht haben«.

»Ja, zunächst war er nur ein Kunde, wie die anderen auch, aber er hatte etwas Besonderes an sich. Ich kann nicht erklären was, aber bei ihm fühlte ich mich so wohl. Wenn er seine Vorlieben bei mir auslebte, dass war wie ein Zauber für mich«.

»Vorlieben? Erzählen Sie mal«. Fragte Thekla neugierig nach.

»Also, Frau Kommissarin, das kann ich hier vor Ihnen
gar nicht erzählen und außerdem glaube ich, dass Sie das
gar nichts angeht«.

»Sie kannten also Herrn Kaarst, - wie sind Sie denn auf
seine Hochzeit gekommen? War das Zufall? «

»Nein, nachdem ich einige Zeit nebenbei für die
Begleitagentur tätig war, wollte mein Chef, dass ich
meine neuen Kontakte auch ihm zugänglich mache. Er
meinte damit, Adressen von möglichen Heiratswilligen,
wobei er dann die Planungen übernehmen wollte«

»Und so sind die Daten von Herrn Kaarst bei Herrn
Karr gelandet? «

»Ja genau, allerdings hatte ich das mit sehr gemischten
Gefühlen erzählt. Ich wollte nämlich gar nicht, dass diese
Hochzeit stattfand«.

»Wieso, wie kann ich das jetzt verstehen? «

»Na ja, der Oliver, also der Herr Kaarst, hatte mich ja
öfter gebucht. Er mochte mich sehr, wie er mir mal
gestand, und ich mochte ihn auch. Nein, - bei mir war es
mehr. Ich hatte mich in ihn verliebt, denn immer wenn wir
zusammen waren, kam ich zu multiplen Orgasmen. Es
klingt jetzt blöd, aber genau deshalb hatte ich mich in ihn
verliebt. Wir hatten uns ja auch außerhalb von den Partys,

hin und wieder in Hotels getroffen«.

»War seine Frau dann auch dabei, oder wusste sie davon? «

»Nein«

»Und dann haben Sie ihn trotzdem auf der Hochzeit umgebracht? Obwohl Sie ihn liebten? « Thekla unterstellte nun einfach den Mord, da sie die Stimmung von Jessika ausnutzen wollte.

»Nein, verdammt nochmal. Ich wollte doch gar nicht ihn umbringen«.

Thekla horchte auf.

»Sondern? « fragte sie.

»Na. Ich wollte die Alte umbringen. Die hatte ihn doch gar nicht verdient. Ich wollte ihn doch für mich haben. Er sollte doch mich heiraten. Ich dachte, wir wären so glücklich miteinander«.

»Vielleicht bezog sich das Glück aber nur auf's Bett«, warf Robert ein, der nun endlich auch mal etwas sagen wollte. Dafür erntete er allerdings sofort einen bösen Blick von Thekla. Er erinnerte sich an die Worte "Niemals einen Tatverdächtigen bei seiner Erleichterung unterbrechen.

»Nein, - ich liebte ihn wirklich«, schluchzte Jessika.

»Wie wollten Sie denn die Frau umbringen?«, hakte Thekla nach.

»Ich hatte einen Ring an, den ich mal auf einem Flohmarkt erstanden hatte. Dieser Ring hat einen Mechanismus, der, bei Betätigen, eine verborgene Nadel mit Kanüle freigibt. In dieser Kanüle hatte ich verflüssigtes Zyankali platziert. Dieses hatte ich in die Nachspeise von der Alten injiziert, da ich wusste, dass sie kein Nugat mag und ihr extra gesondert angefertigtes "Petit Fours"mit Konfitüre versehen war, was wiederum Oliver nicht mochte. Ich sah, wie sie gerade die Leckerei in den Mund stecken wollte, als in dem Tanztumult jemand kam und sie zum Tanzen aufforderte. Sie legte die kleine Leckerei wieder auf den Tisch, genau in Reichweite von Oliver. Anscheinend wurde ihm dann die Warterei, auf seine eben Angetraute, zu lange und er griff zu dem vergifteten Stück. Ich hatte ihn die ganze Zeit, von der anderen Ecke des Saals aus, beobachtet. Als ich dann sah, wie er alleine an der Tafel saß und die Praline in den Mund steckte, war es zu spät, ihn zu warnen. Ich bewegte mich rasch zu ihm hin, aber da lag er schon über dem Tisch und seine Frau hatte ihn bereits gesehen. Als sie losschrie, zog ich mich wieder zurück«.

Thekla schaute Robert an. Dieser schüttelte nur den Kopf. Hatte seine geliebte Lebensgefährtin also doch Recht gehabt, als sie meinte, die Falsche dem Haftrichter vorführen zu wollen. Wie klug es doch von ihr war, die Ermittlungen weiterzuführen.

»Frau Wender«, sagte Thekla in ihrem offiziell wirkenden Tonfall, »ich nehme Sie fest wegen fahrlässiger Tötung an Herrn Oliver Kaarst und versuchten Mordes an Frau Monika Kaarst. Alles was Sie jetzt sagen kann gegen Sie verwendet werden. Sie haben das Recht ab sofort einen Anwalt hinzuzuziehen«.

Lisa kam gerade mit Herrn Karr in das Büro, als Thekla und Robert die gerade Festgenommene abführten, um sie ins Präsidium nach Siegburg zu bringen.

Nachdem das Protokoll in der Siegburger Dienststelle verfasst und unterschrieben wurde, wurde Frau Wender sofort dem Untersuchungsrichter vorgeführt und anschließend in die JVA überstellt. Alfred Bollenkamp war mal wieder mächtig stolz auf sein, wie er meinte, "bestes Pferd im Stall" und Robert meinte, nach Feierabend, auf dem Weg zum Auto:

»Darauf haben wir uns jetzt aber eine doppelte

Currywurst bei Imbiss Paul, in Kaldauen, verdient.

Kommst Du mit? « Er wollte Lisa foppen, da er wusste,

dass diese Vegetarierin war.

»Klar komm ich mit, - Paul hatte mir nämlich

versprochen, Tofu Würstchen zu besorgen. Es hätten

schon mehrere Kunden danach gefragt und Pommes esse

ich ja sowieso«.

Thekla schaute Robert während der Autofahrt von der

Seite an und lächelte. Hatte die Fopperei mit Lisa mal

wieder nicht geklappt. Auch Lisa lächelte auf dem

Rücksitz des Twingo's. Sie freute sich darüber, dass der

Fall abgeschlossen war und es etwas zu essen gab.

ENDE

Rhein-Sieg-Kreis Krimi

Mord im Bonner

"Regierungsviertel"

Kollege Weihnachtsmann

Der fünfte Fall von Kommissarin Thekla Sommer

© **Kersten Wächtler**

Erstes Kapitel

Es war einer dieser kalten Dezembertage eines Jahres, kurz vor Weihnachten, an denen man nicht so genau wusste, ob man sich aus dem Bett schälen sollte, um zur Arbeit zu gehen oder lieber wieder in die wohlig warme Decke einmummelt und sich später krankmeldet. Sofern man diese Möglichkeit hatte, könnte man sich an so einem Tag auch zur Telearbeit anmelden. In dieser Nacht war es sehr kalt aber nicht so kalt, dass die Scheiben am Auto freigekratzt werden mussten, jedoch kalt genug, eine weiße Decke über das Rheinland und Bonn, zu legen. Es hatte einige Stunden geschneit und die unberührte Schneedecke gab Kindheitserinnerungen frei. Was war das damals doch schön als Kind unbeschwert die Vorweihnachtszeit zu genießen, im Schnee herumzutollen, Schneemänner zu bauen und anschließend heißen Kakao bei Mama, in der vom Backen aufgeheizten, wohlriechenden Küche, zu trinken.

Wilhelm Wichtig, ein Sicherheitsmitarbeiter eines Kölner Wach- und Sicherheitsdienstes hatte gerade seinen Frühdienst begonnen und war auf seinem Rundgang durchs Haus gegangen. Er und seine Kollegen waren nicht nur für die aktive Sicherheit des Gebäudes und der Institution durch intensive Zutrittskontrolle, eintretender Mitarbeiter und Gäste, zuständig, sondern ebenfalls für die passive Sicherheit durch regelmäßige Kontrolle der Brand- und Einbruchmeldeanlage, sowie der entsprechenden Vorrichtungen im gesamten Haus. Auf diesem Rundgang war er gerade in der obersten Etage eines der, in der Skyline Bonns zu sehenden, Hochhäuser im Regierungsviertel, angekommen. Er schaute aus dem Fenster des Flures und bewunderte die weiße Pracht, die der Schnee gelegt hatte. Insbesondere gefiel ihm der, auf der anderen Seite des Rheins gelegene Höhenzug des Siebengebirges, der wie mit Puderzucker bestreut, im aufgehenden Sonnenlicht schimmerte. Auch die vereinzelt zwischen den Bürokomplexen stehenden Ein- und Zweifamilienhäuser gefielen ihm, von hier oben betrachtet. Plötzlich fielen ihm, in etwa achtzig Meter Entfernung, zwei Weihnachtsmänner auf. Sie kamen von der Rückseite des kleinen Hauses, in der sich auch eine

Bankfiliale befand. Beide trugen Jutesäcke über der Schulter und schienen es mächtig eilig zu haben. Sie liefen in Richtung des Rheinau Geländes, einem zur Bundesgartenschau im Jahre 1979 errichteten Geländes, zwischen dem "langen Eugen", dem ehemaligen Abgeordnetenhochhaus und der "amerikanischen Siedlung", eine damalige Siedlung für amerikanische Diplomaten. Das riesige Gelände von etwa 125 Hektar wurde damals für etwa einhundertdreißig Million D-Mark gekauft und vom Bund, dem Land NRW und der Stadt Bonn finanziert. Hier entstand anlässlich der Bundesgartenschau ein Park mit neunundzwanzig Kilometer Wegenetz und etwa sechstausendfünfhundert Bäumen sowie etwa zweihundertfünfzigtausend Frühjahrsblumen aus dreihundertneunundzwanzig Sorten.

In Richtung dieses großen Geländes, das direkt an den Rhein grenzt, liefen die beiden, als Weihnachtsmänner verkleideten Gestalten.

Nur zwei Minuten später sah Wichtig, wie mehrere Streifenwagen mit eingeschaltetem Martinshorn und Blaulicht an der Ecke hielten, an der die Bank untergebracht war und die beiden beobachteten Männer, herkamen. Wilhelm Wichtig informierte seinen Kollegen an der Pforte über seine Beobachtung und dass er sich nun sofort bei der Polizei als Zeuge melden wolle, um seine Beobachtung zu schildern.

Als er die etwa achtzig Meter zurückgelegt hatte, waren auch noch zwei Notarztwagen eingetroffen. Wichtig wollte das gespannte Flatterband hochheben, um zu den Beamten zu gelangen.

»Halt«, hörte er jemanden rufen, »sehen Sie nicht, dass hier eine Polizeiabsperrung ist? Steht doch auf dem Band«.

»Ich wollte doch nur eine Beobachtung schildern, die Ihnen hilfreich sein könnte«.

Der Beamte erkannte die Uniform eines Wachdienstes und ging zu Wichtig hin.

Nachdem er alles erzählt hatte, meldete der Beamte alles seinem Vorgesetzten, der wiederrum drei Kollegen in Richtung des Rheinau Park schickte. Auch wurde die Leitstelle informiert, die eine Nahbereichsfahndung auslöste.

»Was ist denn passiert? « fragte Wilhelm Wichtig neugierig.

»Versuchter Banküberfall mit einem Toten«, erklärte er kurz. Nachdem er die Personalien des Zeugen aufgenommen hatte, schickte er ihn nun wieder an die Aufgaben an der Pforte, seines Auftraggebers.

»Alles so belassen, wie vorgefunden. Keine weitere Untersuchung der Tatumstände oder des Fundortes. Wir müssen die Sache an eine andere Dienststelle abgeben. Der Polizeipräsident hat das angeordnet, da alle Kollegen der Bonner Mordkommission mit zu vielen anderen Fällen betraut sind. Es hatte in den letzten zwei Tagen sieben Tötungsdelikte gegeben, die von vier Ermittlungsteams bearbeitet wurden, welche aber, durch Krankheit bedingt, dezimiert waren. Die Kölner sind im Moment durch die laufenden Messeeinsätze überlastet. Die Siegburger sind informiert und werden übernehmen. Auch wenn es draußen sehr kalt ist, - bleibt bitte vor Ort, bis die Kollegen aus Siegburg eingetroffen sind. Danke und Ende«.

*

Die Siegburger Kommissarin der Mordkommission, Thekla Sommer, die zwischenzeitlich zur Leiterin der Dienstgruppe II ernannt wurde, räumte gerade die

Überreste, der am Vorabend stattgefundenen Geburtstagsparty ihres Sohnes David, auf. Er hatte nicht bei seinem Vater in Kaldauen, bei dem er seit einiger Zeit wohnte, feiern wollen, da dort im Moment "dicke Luft" war. Der Vater hatte sich sehr mit seiner Freundin, Doris Kaminski, welche wiederrum die Mutter von David's Freundin Jana ist, zerstritten. Deshalb hatte Thekla sehr gerne ihr Wohnzimmer für die zehn Gäste zu Verfügung gestellt. Thekla selber war mit ihrem Freund und Arbeitskollegen, Robert Hanf, ins Kino gegangen. Sie wollten die jungen Leute alleine feiern lassen. Außerdem war es mal wieder an der Zeit, sich im gemütlichen Cineplex, am Siegburger Bahnhof, mit dem Film "Vom Winde verweht" sich mal wieder in alte Zeiten zurück zu versetzen. Robert mochte diese alten Schinken nicht, doch Thekla setzte sich durch und litt mit Scarlett O´Hara, als diese sich unsterblich in den Soldaten Ashley verliebte, der jedoch seine Cousine Melanie heiratete.

Als Thekla und Robert dann gegen Mitternacht nach Hause kamen, waren die Gäste, wie auch David und Jana, nicht mehr da. Zwar hatten sie Teller, Gläser und leere Flaschen, unaufgeräumt hinterlassen aber für Thekla war das überhaupt kein Problem. Hauptsache war, ihr Sohn hatte bei ihr gefeiert und die Nähe seiner Mutter gesucht, anstatt sich in irgendeiner Spelunke mit den Jungs zu treffen.

»Da wir heute nicht zur Dienststelle gehen und stattdessen unsere Überstunden abbummeln, kommt mir der Gedanke, ich könnte eine von den blauen Pillen ausprobieren, die ich mal von Klaus, scherzhafterweise, geschenkt bekommen hatte. Nur, - dann kommen wir heute nicht mehr aus dem Bett«, Robert lächelte schelmenhaft, »dann bin ich Dein Ashley und Du meine Scarlett«, fügte er hinzu.

Thekla warf ihm ein Kissen zu, das sie gerade auf die Ledercouch legen wollte.

»Wir müssen hier erst einmal aufräumen und "klar Schiff" machen, dann können wir gerne darüber nachdenken, aber dieses "Viagra" nimmst Du nicht. Wer weiß, aus welchen dubiosen Kanälen das kommt und außerdem reicht mir Deine natürliche Manneskraft voll aus.

Stolz richtete sich Robert auf und postierte sich mit stolzer Brust.

Als das Handy klingelte und Thekla aufs Display schaute, meinte sie ziemlich genervt:

»Oh nein, nicht schon wieder ein Einsatz« und zu Robert gewandt meinte sie nur, »Alfred Bollenkamp«. Sie verdrehte die Augen und nahm das Gespräch an.

»Guten Morgen Fred« sagte sie betont freundlich, »na, so früh schon auf den Beinen? «

»Was heißt hier früh, schau mal auf die Uhr, es sind gleich halb zehn«.

»OK Fred, war auch nur als Scherz gemeint. Was gibt es denn? «

»Wir müssen heute mal etwas Spezielles übernehmen. Da ist in Bonn ein Tötungsdelikt in einer Bankfiliale im Regierungsviertel passiert, als die Bank öffnen wollte. Die Bonner Kollegen sind jedoch hoffnungslos mit anderen Fällen der letzten zwei Tage überlastet und fragten bei uns um Amtshilfe an. Da wir hier im idyllischen Rhein-Sieg-Kreis eine nicht so hohe Rate an Tötungsdelikten haben und von meinen drei Ermittlungsgruppen derzeit nur eine eingebunden ist, habe ich kurzerhand den Bonnern unsere Hilfe zugesagt. Da Du die Leiterin der Dienstgruppe II bist, habe ich Dich und Dein Team, bei den Bonnern zugesagt, dass wir helfen und den Fall übernehmen«.

»OK Fred, wir machen uns sofort auf den Weg nach

Bonn. Wir sind noch zu Hause. Es wird aber schnell gehen«.

»Lieber nicht so schnell dorthin, Thekla. Die anderen, Sybille, Lisa und Peter sind bereits informiert und auf dem Weg hierhin. Ich möchte, dass Ihr den Dienstwagen, unseren Mercedes nehmt. Wir wollen doch ein wenig Eindruck vor den Bonnern machen. Da kommt so ein Twingo, wie Du ihn hast, nicht so gut«.

»Wie Du meinst, Fred. Wir sehen uns im Präsidium«.

Lisa kam mal wieder als Letzte in die Räumlichkeiten der Mordkommission, auf der Frankfurter Straße in Siegburg an. Irgendwie schaffte es die Kommissar Anwärterin nicht, ihr Zeitmanagement so zu anzupassen, dass keine oder nur eine kleine Lücke entstand. Sie hatte am gestrigen Abend die Bekanntschaft einer gleichaltrigen Studentin der Psychologie gemacht und sich mit ihr, nach einem Besuch verschiedener Siegburger Lokalitäten, am heutigen Morgen, in Lisas Bett wiedergefunden. Lisa mochte zwar den Sex mit richtigen Kerlen ihres Alters, jedoch ab und an war bei ihr auch gleichgeschlechtliches Beisammensein angesagt. Das war bereits seit ihrer Gymnasialzeit so, wie übrigens bei vielen jungen Frauen dieser Generation. Davon war Lisa jedenfalls überzeugt.

*

»Was habe ich da nur angestellt?« dachte sich Michelle Hartmann, die im gleichen Haus eine Wohnung im Dachgeschoss gemietet hatte, in der am Morgen die Bank überfallen wurde und zwei Menschen ums Leben kamen. Sie war am Tag zuvor auf einer Weihnachtsfeier ihrer Abteilung im Nikolauskostüm erschienen, um den Kollegen und Kolleginnen die Geschenke zu überreichen. Diesmal war die Feier in einer kleinen Pizzeria in der Bonner Innenstadt. Als sie auf dem Weg nach Hause war, hatte sie die beiden Weihnachtsmänner kennengelernt, die im Regierungsviertel, auf der Heussallee, waren. Kurzerhand griff sie lachend nach der Flasche, die ihr als "Weihnachtskollegin" gereicht wurde. Es war zwar scharfer Schnaps, jedoch bei der Kälte mit recht angenehmer Wirkung. Die zwei Männer waren angeblich auch gerade von einer Bescherung gekommen und so beschlossen alle, irgendwo im Regierungsviertel noch etwas zu trinken. Die Restaurants, die in Frage kamen, waren überfüllt also beschloss Michelle, dass man bei ihr weiterfeiern solle. Dass die zwei sich als widerliche Kerle entpuppen würden, konnte sie nicht ahnen. Als alle bereits einiges an Alkohol konsumiert hatten und sich Michelle weigerte, die sexuellen Berührungen gefallen zu lassen, wurde sie gefesselt und mehrfach brutal vergewaltigt. Anscheinend warteten die Kerle am nächsten Morgen auf die Bankangestellten, um sich den Weg in die Bank zu ermöglichen. Dabei hatte es sich ergeben, dass einer der Beiden, der Leiter der Bank, erschossen wurde, als er sich weigerte, die Türe zu öffnen. Wie sollte sie dies alles der Polizei glaubhaft schildern, wenn sie befragt werden würde? Sie hatte es nach langer Zeit geschafft, die Fesseln zu lockern und abzulegen. Voller Ekel über das Erlebte, duschte sie über eine Stunde, wusch sich mehrfach die Haare und versuchte allen Schweiß und Sperma der Kerle aus allen Öffnungen heraus zu spülen. Zum Schluss saß sie weinend und völlig entkräftet in der Duschwanne und ließ das Wasser einfach über ihren Kopf laufen. Sie wusste, dass sie es nicht ungeschehen machen könnte, aber wenigstens die Schande, die sie erlitten hatte, wollte sie sich abwaschen.

Thekla fuhr, mit dem Kollegen Hanf, Ludwig, Salz und Drollig in dem Dienstwagen, den normalerweise Alfred Bollenkamp, als Leiter der Mordkommission, fuhr, wenn er zu Besprechungen beim BKA oder dem Ministerium musste. Sie steuerte den Wagen von Siegburg aus über die A 560 auf die Flughafenautobahn in Richtung Königswinter, um die Südbrücke in Richtung Rheinaue, zu nehmen.

»Warum heißt es eigentlich "Regierungsviertel" wo wir hinmüssen? Die Regierung ist doch schon über fünfundzwanzig Jahren in Berlin«, fragte Lisa.

Robert erklärte:

»Weil das hier früher der Sitz der Regierung war, als Bonn noch Bundeshauptstadt war. Hier waren Bundestag und Bundesrat. Hier war der Plenarsaal im alten Wasserwerk und das Auswärtige Amt, sowie alle großen Parteien ansässig. Die CDU im Hochhaus neben der britischen Botschaft, dort wo jetzt die Telekom ihr Domizil hat, die SPD in der sogenannten SPD-Baracke, dem Ollenhauer Haus, dort wo jetzt diese riesige italienisch angehauchte Franchise Kette ihren Hauptsitz hat, wo man sich für sein Essen mit Tablett anstellen muss, um es sich selber an den Tisch zu bringen. Die FDP residierte auf der Baunscheidtstraße und viele Presseagenturen im Tulpenfeld, einem auch heute noch unter Denkmalschutz stehendem Karree von acht großen Bürohäusern. Damals gab es auch noch das "Bonn Center", das einst gebaut wurde um in- und ausländischen Gästen der Bundesregierung als Anlaufstelle zu dienen. Dort war seinerzeit das Steigenberger Hotel untergebracht. Ein Hochhaus mit 18 Etagen«.

»Sehr beeindruckend, was Du alles weißt. Dabei wollte ich doch nur wissen, warum…«

»Weil das in den Bonner Köpfen so verankert ist und das halt auch eine Art "Kultur" ist«, unterbrach sie Robert.

»Wir sind da. Nun hört auf, Euch zu kabbeln und macht einen guten und professionellen Eindruck. Also los Leute, ans Werk«.

Thekla öffnete die Tür und stieg, den Kollegen der Bonner Polizei entgegenlächelnd, aus dem Auto. Die anderen folgten ihr. Als Sabine Salz, die als Letzte aus dem Auto stieg, auf die verschneiten und gefrorenen Platten des Gehwegs trat, rutschte sie aus und fiel hin. Im Fallen drehte sie sich, wie in Übungen immer wieder erlernt, zur Seite. Dies hatte zur Folge, dass sie auf ihre linke Seite fiel, aber unglücklicherweise hatte sie dort, im Schulterholster, ihre Waffe stecken. Es geschah so unglücklich, dass sie auf die Waffe fiel und sich somit die Rippen prellte. Ihr blieb zuerst die Luft weg, ehe sie einen spitzen und fluchenden Schrei von sich gab. Die zu Hilfe gekommenen Kollegen wollten sie zwar hochheben aber Sybille lehnte dies, wegen der starken Schmerzen ab. Thekla orderte sofort einen Krankenwagen, da sie vermutete, es könnten Rippen gebrochen oder angebrochen sein.

»Dies ist eine reine Vorsichtsmaßnahme«, sagte sie zu Sylvia, »wir sind im Dienst und ich muss mich absichern, dass hier nichts Schlimmeres passiert ist. Auch wenn Du jetzt einige Zeit ausfallen solltest, mach Dir keine Sorgen und werde erst einmal wieder schmerzfrei«.

Der Krankenwagen brauchte keine zwei Minuten bis zum Eintreffen, da das Johanniter Krankenhaus nur wenige hundert Meter vom Unfallort entfernt war. Sybille wurde vorsichtig auf die Trage gelegt und abtransportiert.

»So schnell kann das gehen«, sagte Robert, »aber wir sind ja immer noch eine starke Truppe«.

Thekla ging mit ihrer Truppe in Richtung des Einsatzleiters und hielt ihm die Hand entgegen.

»Thekla Sommer, Einsatzgruppenleiterin Mordkommission Siegburg. Wir sind hier bei Euch wegen Personalknappheit angefordert. Das sind meine Kollegen«, Thekla zeigte auf die Drei, hinter sich.

»Ja, ich weiß Bescheid. Wegen Euch konnten wir uns hier in der Kälte aufhalten, bis Ihr endlich mit Eurem Luxusschlitten mit guter Heizung, hier eingetroffen wart. Ist das Navi kaputt oder warum hat das so lange gedauert?« Er nickte den Siegburger Kollegen zu, drängte sie aber dazu, endlich ins Haus zu gehen, um ihnen dort alles Nötige an Informationen, zu übergeben.

»Also, hier die Dame kam mit dem Toten, wie jeden Morgen durch die Haustüre, um die Bank durch den Nebeneingang, der hier von dem Flur abgeht, zu betreten. Plötzlich standen zwei Weihnachtsmänner, - ja gucken Sie nicht so, - es waren Weihnachtsmänner hinter ihnen und drohten mit einer Waffe. Der Leiter der Bank drehte sich in Richtung der Männer und wollte, wie lebensmüde kann man nur sein, dem Weihnachtsmann mit der Waffe seinen weißen Rauschebart, der als Vermummung dienen sollte, runterziehen. Es kam zum Gerangel und der tödliche Schuss fiel. Voller Panik drehten sich die Weihnachtsmänner um und flüchteten, ohne Beute«.

»Haben Sie einen der Männer erkennen können? «
fragte Thekla die Bankangestellte.

»Nein«, sagte diese, »ich war viel zu aufgeregt und
habe immer nur zu Boden geschaut. Ich habe nichts
gesehen. Vor allem, als der Schuss fiel, war ich in Panik
und hatte geglaubt, jeden Moment trifft es auch mich«.

Der Notarzt, der die Frau untersucht hatte, kam hinzu.

»Wie geht es Ihnen jetzt? Hat die Beruhigungsspritze
geholfen? «

»Ja, ja, die Polizei befragt mich gerade, aber es geht
schon«, sagte sie.

»Aber bitte nicht so lange«, sagte der Notarzt, in
Richtung Thekla, »die Frau braucht dringend Ruhe und
Erholung«.

»Wo geht's denn hier noch hin«, Thekla zeigte durch
den Flur in Richtung der Treppe, die nach oben führte.

»Im Obergeschoss sind noch Büros und diverse
Aufenthaltsräume der Bank und unterm Dach wohnt eine
junge Frau«, sagte die Bankangestellte.

»OK«, sagte Thekla nach einer Weile, »gehen Sie nach
Hause und erholen sich. Wir werden Sie morgen oder
übermorgen aufsuchen, um Ihnen noch einige Fragen zu
stellen. Bitte lassen Sie Ihre Personalien hier«.

»Die haben wir schon lange, oder glauben Sie, wir arbeiten hier anders als Ihr in Siegburg? «

Thekla tat, als hätte sie den abschätzigen Unterton nicht gehört. Es schien dem Streifenbeamten nicht zu gefallen, dass Kommissare aus einem anderen Dienstbezirk, die Ermittlungen übernommen hatten. Den erfahrenen Beamten aus Siegburg gefiel es aber ebenso wenig, sich als Eindringlinge zu fühlen. Die "oberen Etagen" hatten das alles zu verantworten. Thekla und ihre Dienstgruppe II, waren nur die Ausführenden.

»Gut«, sagte Thekla zu ihren Kollegen gewandt, »gehen wir mal nach oben und schauen, ob sich im Dachgeschoss jemand befindet«.

»Da waren wir doch auch schon«, meinte der mürrische Bonner Beamte, »da hat auf unser Geklopfe niemand die Türe geöffnet«.

»Mir war aber so, als hätte ich eben Wasser laufen gehört. Wir gehen lieber mal nach oben und überzeugen uns selbst«, meinte Thekla.

Nach zweimaligem Klingeln ging ganz langsam und vorsichtig die Türe auf. Thekla blickte in ein völlig verweintes Gesicht einer Frau, die ihr Badetuch um ihren nackten Körper geschlungen hatte. Augenscheinlich kam sie gerade aus dem Badezimmer.

»Guten Tag, mein Name ist Thekla Sommer und das ist mein Kollege Robert Hanf. Wir sind von der Kriminalpolizei Siegburg. Hier im Haus ist etwas passiert, zu dem wir Sie gerne befragen möchten. Dürfen wir reinkommen? «

Die junge Frau schaute sehr verängstigt zu Thekla, dann zu Robert und die, am Fuße der Treppe stehende Lisa Drollig. Dann nickte sie und flüsterte schluchzend:

»OK, Sie und die Frau da unten können gerne rein, er«, sie zeigte auf Robert, »bitte nicht«.

Thekla schaute Robert an. Sie ahnte bereits durch ihre überaus empathische Art, dass auch hier etwas Schlimmes vorgefallen sein musste. Sie winkte Lisa herauf.

»Das ist vollkommen in Ordnung«, redete Thekla nun behutsam auf die junge Frau ein, »vielen Dank«.

Sie schob Lisa vor sich her in die Wohnung und schloss dann hinter sich, nachdem auch sie die Wohnung betreten hatte, die Türe.

Bisher erschienen in dieser Reihe:

Mord in Siegburg

>Die Wasserleiche<

Der erste Fall der Kommissarin Thekla Sommer

Mord in Bornheim

> Der Spargelkönig<

Der zweite Fall der Kommissarin Thekla Sommer

Mord in Rheinbach

> Das Burgfräulein<

Der dritte Fall der Kommissarin Thekla Sommer

Mord in Sankt Augustin

>Fehlerhafte Liebe<

Der vierte Fall der Kommissarin Thekla Sommer

Demnächst erscheint in dieser Reihe:

Mord im Bonner "Regierungsviertel"

> Kollege Weihnachtsmann <

Der fünfte Fall der Kommissarin Thekla Sommer

Über den Autor:

*Geboren 1958, in der Zeit des Wirtschaftswunders,
verbrachte er seine Kindheit, mit zwei Schwestern und
zwei Halbbrüdern, in Siegburg und dem ländlichen
Windeck. Geprägt von dem idyllischen Umfeld, fühlte er
sich in der Stadt nie so recht wohl und er suchte sein
soziales Umfeld meist in ländlichen Regionen, wie
Rheinbach, Meckenheim, Bornheim oder Herchen/Sieg.*

*Bereits im jungen Erwachsenenalter fing er an, seine
Gedanken schweifen zu lassen und niederzuschreiben.
Am Anfang war es mal ein Kinderbuch oder
philosophische Zeilen. Als zertifizierter Psychologischer
Berater folgte ein psychologisch/spirituelles Werk. Seit
einiger Zeit entspringen Krimis (aus dem Rhein-Sieg-
Kreis) seinen Gedanken und dem Werk seiner Phantasie.
Hier legt er aber besonderen Wert auf umfangreiche,
historische Recherche hinsichtlich der Schauplätze seiner
Handlungen.*